미야자키 유 지음
오키우라 일러스트

17. 육화단원

학전도시 애스터리스크

"아야토….
여전히 무단침입이 특기구나?"

"…오랜만이야, 유리스."

그리우면서도 귀에 익은 목소리.
놀라서 눈을 뜨니 그곳에는….

ser=versta

c o n t e n t s

학전도시 앤서러스크

미야자키 유 **지음**
오키우라 **일러스트**

17.
육화단원

eXtreme novel

제1장

최종결전 1

내리치는 거대한 해머를 아슬아슬한 타이밍까지 끌어들여 간발의 차이로 피하면서, 하루카는 블레이드형 황식무장을 휘둘렀다.

몸이 반으로 쪼개진 바리언트가 그 자리에 쓰러졌지만, 그 잔해를 넘어 계속해서 새로운 바리언트가 나타난다.

"휴우…. 대체 몇 대나 있는 거야."

애스터리스크 중앙구 상업 구역, 그곳 중심거리와도 그다지 멀지 않은 소형 비행선의 발착장이다. 관광용 유람비행, 공항이나 호안도시와의 왕래, 그리고 물류 이동까지. 다양한 용도로 활용되고 있는 비행선들은 이미 대부분 파괴되어 불꽃과 연기를 피워 올리고 있었다.

느닷없이 시가지에 출현해 날뛰기 시작한 자율식 의형체 바리언트의 거대한 무리.

다른 일로 우연히 근처에 있던 하루카와 그녀가 속한 팀이 달려왔지만 인력이 너무 부족하다. 하루카와 한 팀인 다른 경비대원은 대부분 부상자 구조와 대피 안내를 하고 있기에, 적어도 지원 병력이 도착할 때까지는 하루카 혼자 이 바리언트들을 막아내야 한다. 이유는 단순하다. 신입이긴 하지만 하루카의 전투능력이 팀에서 제일 높기 때문이다.

'다행히 파괴의 규모에 비해 부상자 수는 적은 것 같지만….'

바리언트들은 어디까지나 시설이나 교통기관 파괴가 목적인 듯 직접 인간을 공격하려 들지는 않았다. 하지만 조금이라도 자신들의 행동을 방해하면, 배제대상으로서 정보가 공유되는 지 주위의 바리언트 전부가 덤벼든다.

…바로 지금처럼.

"아아, 진짜…. '봉하라'."

넌더리를 내면서 하루카가 중얼거리자 허공에서 나타난 쇠사슬이 배후에서 습격하려던 바리언트를 꽁꽁 묶어 움직임을 정지시켰다. 거기에 더해 하루카의 시선이 향한 방향, 시각으로 인식할 수 있는 범위 내의 바리언트 열 대도 마찬가지로 쇠사슬에 칭칭 감겼다.

그렇게 움직임을 봉한 바리언트들 사이를 하루카가 달려 지나가자, 다음 순간에는 하나도 남김없이 전부 폭발해 버렸다.

아마기리 신명류 검술 오전, '슈라도리'.

바리언트에는 방어 필드를 전개하는 능력이 있는 것 같지만, 금옥의 사슬에 붙들린 대상은 힘을 봉인 당한다. 그렇게 되면 하루카에게 그렇게까지 큰 위협은 아니다.

그때 갑자기 공간 윈도가 열렸다.

경비대원에게 지급된 휴대단말기에 본부 측에서 응답 확인을 요구하지 않는 강제통신이 들어온 것이다.

[아마기리, 현재 상황을 보고해라.]

화면에 뜬 성련경비대 대장 헬가 린드발의 긴박한 표정을 보니 얼마나 다급한 사태인지 짐작할 수 있었다.

"인적 피해는 최소한으로 억누르고 있지만 비행선은 거의 전 멸입니다. 아직 한두 척 정도라면 움직이는 것도 있겠지만 바 리언트에 대한 대처도 포함해 아무튼 인력이 부족합니다. 그쪽 은요?"

[바리언트의 활동은 동시다발적이야. 각 항구의 연락선도 거 의 당했고. 이놈들은 어떻게든 이 애스터리스크에서 탈출할 수 단을 없애고 싶어 하는 것 같다.]

"…애스터리스크 봉쇄가 목적이라면, 이다음에 노리는 게 있 다고 봐야 하지 않을까요?"

[그렇겠지. 각 호안도시에도 연락을 넣어봤는데 그쪽도 비슷 한 테러가 발생하고 있다더군. 이쪽만큼 규모가 크진 않은 것 같지만 당분간 지원 병력은 기대하기 힘들 거야. 그렇다면 우 리는 혹시 모를 사태에 대비해 조금이라도 탈출수단과 경로를 확보해둬야 한다. 한두 척뿐이라도 비행선은 귀중해. 어떻게든 사수해다오, 아마기리.]

"뭐, 그거야…. 할 수 있는 만큼은 해보겠지만요…."

그렇게 말하면서 광인을 휘둘러 근처에 있는 바리언트를 베 어 넘겼다.

하지만 일렁이는 불길 너머에선 여전히 바리언트의 그림자 가 수없이 움직이고 있다.

"그래도 이렇게까지 많으면…. 여기 말고 다른 곳에서도 동시에 날뛰고 있다면 도저히 1,000대로는 모자랄 것 같은데요?"

하루카만 해도 이미 수십 대는 쓰러뜨렸다.

이런 규모의 집단이 다른 곳에서도 출몰하고 있다면, 예전에 들은 1,000대라는 숫자도 의심스럽다.

[아, 그게….]

[저요, 저요~ 그 문제는 제가 설명해드리겠습니다!]

헬가를 밀어내듯 공간 윈도의 화면에 나타난 여성은 분위기 파악을 못 하는 건가 싶은 밝은 목소리로 끼어들었다.

"…에르네스타 씨."

저번에 그녀가 정보제공을 하고 싶다면서 경비대 본부에 나타났을 때 한 번 보긴 했지만, 직접 대화하는 건 이번이 처음이다. 보호와 감시를 겸해 지금은 본부에 주둔시키고 있다고 들었는데….

[잘 아시겠지만 너무 한가하거든요. 남는 시간을 주체하지 못하고 가볍게 협력을 해봤는데요…. 여러분들께서 보내주신 데이터를 검토하니 아무래도 제가 개발하지 않은 바리언트도 섞여 있는 것 같아요.]

"무슨 소리죠?"

[뭐, 단적으로 말하자면 복제품이라고 할까요. 바리언트의

개발이나 생산에는 의뢰인한테 제공 받은 시설을 썼지만, 설계 데이터를 넘겨주진 않았거든요. 완제품이 있다고 해서 그렇게 간단히 복제할 수는 없을 테니 '조각파' 멤버 중에서 몇 명쯤 넘어간 게 아닐까 예상해봅니다~ 냐하하하.]

당사자인 에르네스타는 명랑하게 웃고 있지만, '발다=바오스'의 힘이라면 충분히 가능성이 있다.

[하지만 역시 제가 직접 손댄 정품에 비하면 한참 스펙이 낮아요. 무엇보다 내구성이 약하죠. 보아하니 아마 처음부터 이번만 쓰고 버릴 작정으로 만든 것 같거든요. 그냥 내버려둬도, 그러네요…. 대충 수십 시간 정도면 가동한계가 와서 스스로 무너질 거예요.]

"유감이지만, 그때까지 기다릴 수는 없어요!"

하루카는 능력으로 만들어낸 사슬로 바리언트들의 공격을 막아내면서 저도 모르게 언성을 높였다.

[그야 그렇겠지요. 뭐, 그러니 제가 보내는 선물을 부디 받아주시라냥!]

"선물…?"

그때였다.

"후하하하하하하하하하하하하하하하하하하!"

어디선가 요란한 웃음소리가 울려 퍼지나 싶더니.

"몰니르 해머어어어어어!"

갑자기 빛의 덩어리가 날아와 하루카를 공격하려던 바리언트들을 산산조각내 버렸다.

"루인샤레프 모드 '볼켄불프'… 최대출력."

이번에는 비처럼 쏟아지는 무수한 광탄이 하루카를 둘러싸고 있던 바리언트들의 발을 묶었다.

"이건…."

어안이 벙벙한 하루카 앞에, 굉음을 내면서 두 대의 의형체가 내려앉았다.

한쪽은 거의 인간으로 착각할 만큼 미려한 여성형 의형체, 한쪽은 겉모습만 보면 바리언트와 거의 동일한 대형 의형체…. 하지만 베이스 컬러가 붉은색과 검은색인 바리언트와는 달리 그 의형체는 흰색과 청색으로 도색되어 있었다.

"후하하하하! 자아가 없는 불쌍한 몸이라 해도 엄연한 나의 동생들! 이렇게 파괴하려니 마음이 아프지만 마스터의 명령이라면 어쩔 수 없지!"

"그런가요. 저는 당신과 얼굴이 똑같은 폐급 깡통인형들을 고철로 만드는 데에 일말의 동요도 없고, 오히려 스트레스 해소에 좋은데요?"

"…아니, 그래도 그 부분에선 양심의 가책을 느껴줬으면 하는데."

"그건 생리적으로 불가능해요."

너무나 의형체답지 않은 대화를 주고받는 이 둘을 하루카는 물론 알고 있다.

"으음…. 알디 군이랑 림시 양, 이지요?"

하루카의 동생인 아야토와 '봉황성무제' 결승전에서 우승을 놓고 다툰 아르르칸트의 자율식 의형체.

"잘 아시는군요!"

"맞아요. 마스터의 명을 받고 힘을 보태러 왔습니다."

알디와 림시는 그렇게 대답하는 동안에도 상황 확인을 게을리 하지 않았다.

그때 공간 윈도에서 다시 에르네스타의 목소리가 들렸다.

[아하하~ 실은 아까 학생회장님한테 연락이 와서 간단히 사정을 설명했더니, 반응이 무지막지하게 험악하더라고요. 어떤 식으로든 경비대에 협력해서 이번 사건과 관계가 없다는 증거를 최대한 만들라고 말씀하시지 뭐예요.]

그야 그렇겠지.

어떻게 생각해도 이건 아르르칸트에게 최악의 상황이다. 에르네스타의 책임은 물론이고 아르르칸트까지 심각한 추궁을 받을 것이 확실하다. 학생회장의 입장이라면 변명에 쓸 수 있는 카드를 트럭으로 가지고 와도 모자라다고 느끼겠지.

[그렇게 되었으니 부디 그 두 명을 마음껏 사용해주세요오~ 음, 알디의 외부 장갑은 바리언트랑 헷갈리지 않게 다른 색으

로 해두었지만, 그래도 실루엣으로는 판별하기 힘들 수 있으니 조심하시고요.]

"···그런 거였구나. 그럼 사양하지 않겠어. 알디 군은 나랑 같이 정문을 봉쇄해서 바리언트가 이 이상 침입하지 못하도록 저지! 림시 양은 구역 내의 잔존 바리언트를 소탕!"

"후하하하하하하! 좋아, 확인했다!"

"알겠습니다."

경비대 본부로부터의 지원을 기대하기 힘든 만큼, 지금은 가지고 있는 전력을 최대한 활용하는 수밖에 없다.

하루카가 알디를 데리고 정문으로 이동하려 할 때, 축소해놓은 공간 윈도 너머에서 헬가가 속삭였다.

[···맞다, 아마기리. 마지막으로 한마디만 더.]

"네?"

[**그 녀석들**과 연락이 되지 않아.]

"···앗."

당연히 그 녀석들이란 아야토 일행이다.

한 손으로 알디에게 먼저 가라고 손짓하면서 걸음을 멈추었다.

[아까 이자벨라하고는 연락이 되었어. 통합기업재체의 높으신 분들은 시리우스돔 특별관람실에 딸린 세이프룸으로 이동했다. 애초에 그쪽에선 날뛰는 바리언트도 없는 모양이지만,

20

경호에 들이는 공을 생각하면 아마 지금 애스터리스크에서 제일 안전한 건 그 사람들이겠지. …그리고 이자벨라도 그 녀석들이랑 연락이 안 되는 건 마찬가지래.]

"그런…가요."

하루카는 저도 모르게 아랫입술을 깨물었다.

세상 누구보다도 소중한 동생과 그의 동료들…. 사야를 제외하면 아직 그렇게까지 친분이 깊진 않지만 그래도 다들 착한 아이들이다. 지금 당장에라도 무사한지 확인하러 가고 싶다.

하지만 하루카에게는 경비대원으로서 맡은 책임이 있고, 그 이전에 아야토 일행이 지금 어디서 뭘 하고 있는지도 모른다.

그때 하루카는 문득 휴대단말기에 메시지가 와 있는 것을 깨달았다. 임무 도중에는 개인용 휴대단말기는 쓰지 않아서 확인하지 못한 것이다.

보낸 사람은 아야토. 시각은 이 소동이 일어나기 조금 전.

서둘러 열어보니, 짧은 두 마디뿐인 메시지가 쓰여 있었다.

발본색원, 심려불필요.

"…후훗!"

[왜 그러나, 아마기리?]

하루카가 어두운 표정을 짓다가 갑자기 웃음을 터뜨리자, 헬가가 의아하다는 듯이 미간을 찌푸렸다.

"아아, 아뇨, 아무것도 아닙니다."

하루카는 허둥지둥 얼버무리고 공간 윈도를 닫았다.

하여간 아야토도 제법 듬직한 소리를 한다.

그렇다. 어린 시절에 자기 뒤만 쫄랑쫄랑 따라다니던 동생은 어느새 어엿하게 자립하게 되었다.

그렇기에 하루카도 극전을 전수한 것이 아니었던가.

그런 아야토가 문제의 원흉을 제거하겠다, 걱정할 필요 없다, 라고 말한다면 믿고 응원하는 것이 누나로서의 도리겠지.

"힘내, 아야토."

하루카는 작게 중얼거리고는 자신이 할 수 있는 일을 하기 위해 알디를 따라 뛰기 시작했다.

*

[너도, 나도, 발다도, 아마기리 아야토도, 통합기업재체도, 이 쓰레기 같은 세상에서 살아가는 놈들 모두 다 패배해 버려라. 그 누구도 이기지 못하고, 질척하고 구질구질하게, 비참하게 서로 발목 잡기에나 열중하면 그만이라고. …그렇게 하면 조금은 기분도 풀리겠지.]

디르크 에벨바인이 저주하듯이 그런 말을 내뱉은 직후에 공간 윈도가 뚝 끊겼다.

"이거야 원. 사람 곤란하게 만드는 친구로군."

느닷없이 배신당한 꼴이 된 마디아스 메사는 연극하듯 과장된 동작으로 한숨을 내쉬었다.

황폐해진 '식무제' 회장 터에서 그의 목소리만 공허하게 울려 퍼졌다.

"조금 더 똑똑한 줄 알았는데 자신의 본성에는 거스르지 못하는 모양이야. 뭐, 나도 다른 사람 비판할 처지는 아니지만."

"…무슨 속셈이지?"

"응? 그 친구에 대해 말하는 건가?"

이야토가 묻자 마디아스는 쓴웃음을 지으며 고개를 가로저었다.

"어떻게 할 방법이 없어. 이 함정만 놓고 보면 그 친구의 완승이지. 이미 자네들은 나나 발다에게 와 있으니 나로서는 처단하려 해도 손을 쓸 방법이 없거든. **그래, 나로서는.**"

그렇게 말하고 마디아스는 '적하의 마검'을 기동시켰다.

그 자리의 공기가 순식간에 팽팽해지는 것이 느껴졌다.

"사실 이렇게 된 책임은 자네들에게도 있거든."

"…어째서 우리 탓을 하는데?"

사야가 그렇게 물으며 불만스럽게 마디아스를 노려보았다.

"경비대에 내 과거 부정행위에 대한 정보를 제공한 게 자네들이지? 그 바람에 나는 예정보다 일찍 공적인 자리에서 퇴장할 수밖에 없었어. 그래서 계획의 총지휘를 저쪽에 맡겼더니만, 그 결과가 이거야."

확실히 마디아스의 과거를 파헤치는 건 아야토와 하루카가 미나토에게서 그녀의 아버지가 쓴 일기를 제공받은 게 계기가 되었다고 들었다. 그렇다면 (디르크에게 이용당한 건 내키지 않지만) 아야토와 동료들의 행동도 아주 무의미하진 않았다는 소리다.

"어차피 이제 와선 무슨 말을 해도 소용이 없어. 게다가 우리 계획은 아직 완전히 실패한 것도 아니야. 여기서 자네들을 처리하고, 발다가 엔필드 아가씨 쪽을 물리치면 모든 게 원상복귀니까 말이야. …솔직히 발다는 조금 불안하긴 하지만. 그건 아직까지도 마지막에 꼭 허술한 구석을 드러내거든. 근본적으로 이쪽을 업신여기기 때문이려나."

가면 속에서 마디아스가 미간을 찌푸리는 걸 알 수 있었다.

"뭐, 그렇다면 그건 그것대로 발다도 운이 없었을 뿐이야. 아쉽지만 어쩔 수 없지. 내 목적에는 그다지 지장이 없으니까."

"그 말투도 그렇고, 아까 '악랄의 왕'이 하던 말도 그렇고…. 당신들은 제각기 다른 목적이 있는 건가? '고독의 마녀'의 힘으로 이 도시를 멸망시키면, 그다음엔 뭘 원하는 거지?"

금지편 동맹을 일치단결된 집단이라고는 생각하지 않았지만, 그렇다고 어중이떠중이가 모인 집단이라고도 생각하지 않는다. 아무튼 이렇게 큰 계획을 오랜 세월에 걸쳐 누구에게도 발각되지 않고 진행해 왔으니까. '발다=바오스'의 힘이 있다 해도 그에 준하는 결속이 없다면 힘들 것이다.

"음, 거기까지는 알아내지 못했나 보군. 하지만 이런 상황이 되어서까지 숨겨봐야 의미도 없지. 자네의 말대로 우리 셋은 각자 최종 목표가 달라. 하지만 어느 것도 그렇게 대단하진 않네."

마디아스의 몸에서 성진력이 고조되기 시작했다.

전개되어 있던 무수한 공간 윈도가 하나씩 천천히 사라졌다.

"오펠리아 양이 여기에 있는 모든 인간을 죽이고, 거기에 호응해 발다의 힘으로 선동된 '성맥세대' 우생주의자들이 세계 곳곳에서 테러를 일으킨다. 즉 '성맥세대'와 평범한 인간의 결정적인 분단. 여기까지가 우리의 공통된 목표다."

"……!"

오펠리아가 뭘 하려는지는 알았지만 테러에 대해선 듣지 못했기에 한순간 몸이 굳었다. 옆에서 사야도 숨을 삼키는 것을 알 수 있었다.

"그다음에 순성황식무장 '발다=바오스'는 '성맥세대'가 지배하는 세계를 바라고 있지. '성맥세대'와 평범한 인간이 싸우고, 최종적으로는 전자가 이기게 만들고 싶은 거야. 디르크 에벨바인… '악랄의 왕'이 바라는 것은 자네들도 들었다시피 세상을 뒤집어 현재의 승자를 패자로 전락시키는 것이지. 구체적인 타깃은 통합기업재체가 아닐까? 어느 쪽이든 다음 플랜이 있는 모양이지만…. 뭐, 그건 내가 관여할 바는 아니야."

"…그렇다면 당신이 원하는 건 뭐지?"

공간 윈도가 계속해서 사라져 가고, 마지막으로 남은 하나.

거기엔 오펠리아와 싸우는 유리스의 모습이 있었다.

"그 질문에는 이전에도 대답하지 않았던가? …가속이다!"

다음 순간, 마디아스의 모습이 흐느적 흔들렸다.

"큭!"

신기에 달한 속도의 참격.

몸이 살기에 반사적으로 반응해, '적하의 마검'을 아슬아슬하게 '흑로의 마검'으로 받아냈다.

'엄청난 스피드야…! 게다가 묵직해!'

몸의 중심까지 저릿한 충격이 퍼져, 두 다리에 힘을 줘서 버티며 이를 악물었다.

"호오. 나름대로 진지하게 공격했는데, 하여간 젊은이의 성장이란 놀랍다니까."

여기에 오는 도중에 조우한 퍼시벌도 이상할 정도로 강했지만, 마디아스는 속도도 힘도 그 이상이니 두려울 따름이다.

하지만 예상은 하고 있었다.

전에는 아야토와 하루카가 둘이서 덤볐는데도 상대가 되지 않았다. 그 이후로 아야토도 스스로 느끼기에 강해졌다는 자부

심은 있지만, 아직 마디아스의 전투능력은 모든 측면에서 아야토를 아득히 능가할 것이다.

'그래도 그때의 유리스 성노는 아니야!'

월화미인을 사용한 유리스는 '지금부터 12초 동안은 세계 최강이다'라고 호언할 만큼 차원이 다른 강함을 자랑했다. 속도면에서도 아야토가 눈으로 거의 포착할 수 없을 정도였다.

마디아스의 지금 속도는 거기에 근접했을지도 모르지만, 결코 도달하진 못했다.

그 속도를 체험하지 못했다면 아마 지금의 첫 공격으로 벌써 승부가 났으리라.

"유감스럽게도 당신보다 빠른 상대랑 싸워본 적이 있거든…!"

아야토는 날을 맞대고 온 힘을 다해 '적하의 마검'을 밀어내 보려 했지만 꿈쩍도 하지 않았다.

"과연, 그 준결승전인가…! 하지만!"

갑자기 마디아스가 검을 거두자 아야토의 자세가 무너졌다.

'아차…!'

예전에 싸웠을 때 알게 된 사실인데, 마디아스는 아무튼 상대의 타이밍을 흐트러뜨리는 데에 능하다.

그보다 형태가 일절 없기에 하나같이 동작을 읽기가 힘들다.

거기에 더해, 본래라면 어떤 인간이든 행동에 독자적인 템포나 리듬이 있기 마련인데 그것조차 없다.

마디아스의 얼굴에 여유로운 웃음이 생겨나고, '적하의 마검'
이 으스스하게 빛난다.

　큰일이다. 이 상태로는 무슨 수를 써도 피할 방법이 없다.

　…하지만.

　"두둥…!!"

　"큭!"

　'적하의 마검'의 날이 춤추듯 궤도를 바꾸더니, 아야토의 목
대신 뒤쪽에서 사선으로 날아온 거대한 광탄을 베어냈다.

　"…나를 잊으면 곤란해."

　"사야!"

　헤르네크라움을 든 사야가 도발하듯 마디아스에게 말했다.

　그 틈에 아야토도 일단 거리를 두었다. 사실 원거리 공격이
가능한 '적하의 마검'과 싸우면서 거리를 두는 건 좋은 선택은
아니지만, 아직 마디아스의 움직임에 적응하지 못한 지금은 근
접전투가 더 리스크가 크다.

　조금 더, 조금만 더 이 움직임을 보고 체감하면 어찌어찌 최
소한도의 대응 정도는 할 수 있을 것 같은데….

　"딱히 잊진 않았어. 그저 안중에 없었을 뿐이지."

　마디아스는 흘끔 사야를 곁눈질하더니, 아무렇게나 '적하의
마검'을 휘둘렀다.

　"큭!"

진홍색 광채가 하늘을 날아 사야를 덮쳤다.

고속으로 쏜 '적하의 마검'의 파편이었다. '저하이 마건'은 방어가 불가능한 능력을 가진 사색의 마검으로, 사용자는 그 칼날을 자유롭게 분할해 조종할 수 있다. 하루카의 배 속에 심어두었을 때처럼 최소단위로 분할해 일제공격을 날리면 그야말로 칼날의 비가 된다.

사야는 곧바로 몸을 움직여 피했지만, 마치 붉은 금붕어떼 같은 그것은 곧바로 방향을 틀어 뒤를 쫓았다.

잔해가 잔뜩 쌓인 필드를 달리고 비스듬하게 쓰러진 거대한 기둥을 뛰어올라 도망쳤지만, '적하의 마검'의 파편은 집요하게 사야를 쫓았다.

"보고만 있을 줄 알고!"

조금 전 핀치일 때 사야에게 도움을 받았다. 그렇다면 이번에는 아야토가 사야를 구할 차례다.

아야토는 곧바로 '흑로의 마검'에 성진력을 주입해 유성투기를 발동시킨 후에, 십 미터 이상 뻗은 칼날로 필드를 그대로 쓸어버렸다.

조금이라도 이쪽에 신경을 쓰게 만든다면 사야를 쫓는 파편의 움직임도 둔해지겠지.

"하하하하! 그렇게 조바심낼 필요 없어. 자네는 제대로 상대해줄 테니까!"

도약해서 그 일격을 피한 마디아스는 공중에서 손에 든 '적하의 마검'을 아야토를 향해 내리쳤다. 분할한 탓에 원래의 반 정도로 가늘어진 나머지 칼날이 역시나 파편으로 쪼개져 아야토에게 날아왔다.

"헉?!"

분할한 파편을 두 덩어리로 나눈 것도 대단한데, 그것들을 따로따로 조작하다니.

아야토는 '흑로의 마검'을 원래 크기로 되돌리고 상공에서 날아온 파편을 공중제비로 회피했다. 파편이 호우처럼 지면을 때려 조금 전까지 아야토가 서 있던 장소는 구멍투성이가 되었다.

게다가 착지한 발밑에서 곧바로 파편이 뿜어져 나와 아야토를 덮쳤다. 이것도 반사적으로 뒤로 뛰어 간신히 회피했다. 바닥을 관통한 파편이 그대로 두더지처럼 지하를 파고 들어갔다가 튀어나온 것이다.

회피만 한다면 대처할 수 없는 속도는 아니지만, 그것도 어디까지나 아야토나 가능하다.

이대로는….

"사야!"

좋지 않은 예감이 들어 아야토가 사야 쪽으로 눈을 돌린 찰나.

"큭…!"

기둥 위에서 공중으로 날아 도맞친 사야에게 진홍이 낱이 무리를 지어 달라붙었다.

사야는 손에 든 헤르네크라움을 방패로 써서 간신히 직격을 면했다.

하지만 사야가 쓰는 황식무장들이 특유의 고출력을 활용한 방어 필드를 가지고 있다 해도, 역시 순성황식무장이 상대라면 밀릴 수밖에 없다.

직후에 헤르네크라움의 코어가 폭발해, 사야의 작은 몸은 그 충격으로 크게 날아갔다.

"사야!!!"

학전도시 애스터리스크

최종결전 2

['왕룡성무제' 결승전, 시합 시작!]

기계음성이 시작을 선언하자마자 유리스는 단숨에 성진력을 집중시켜 만응소를 모았다.

"피어올라라, 봉황의 산염탄!"

외침에 응해 유리스의 머리 위에서 화염 꽃잎이 벌어지나 싶더니, 순식간에 형태를 바꿔 고치처럼 오므라들어 곧바로 터졌다.

돌멩이 같은 작은 염탄이 스테이지 전역에 폭우처럼 쏟아져 내렸다.

[먼저 공격한 쪽은 리스펠트 선수! 무수한 화염이 그야말로 싸락눈처럼 흩날립니다!]

[이건… 아마도 봉선화를 모티프로 한 기술이네. 그렇다면 리스펠트는 자신의 능력을 더욱 진화시켰다고 봐도 될 것 같아.]

[호오! 설명 부탁드릴 수 있을까요?]

[리스펠트의 능력은 불꽃을 꽃으로 이미지해 구현화하는 것. 원칙적으로 모티프는 꽃잎으로 한정되어 있었거든. 뭐, 다소 예외도 있었던 것 같지만 그래도 꽃으로 보이는 것이라는 제약은 분명히 존재했어. 이건 봉선화의 삭과 즉 열매가 터져서 씨를 뿌린다는 이미지에서 온 기술일 거야. 꽃에서 열매, 씨앗으로 모티프를 변천시키는 거지. 이제까지보다 기술의 다양성이

더욱 늘어났다고 봐도 무방할 거야.]

자하룰라의 해설은 정확했다. 주주결승전, 즉 우샤ㅇ페이아
싸우고 난 후부터 유리스는 자신의 능력이 비약적으로 진보하
고 있음을 실감했다.

10초 이상 지속되는 화염산탄의 전방위 소사.

샤야의 노인페어데르프라는 어처구니없는 초거대 황식무장
만큼은 아니지만, 이 기술의 공격 범위는 상당히 넓다. 완전히
피하는 건 애초에 불가능하다.

'뭐, 그렇다고 해도….'

뭉게뭉게 피어올랐던 연기가 걷히자, 거기에는 아까의 자세
그대로 서 있는 오펠리아가 보였다.

[하지만! 란드루펜 선수는 조금도 신경 쓰는 낌새가 없습니
다!]

[당연한 일이야. 오펠리아 란드루펜의 성진력은 아마기리 아
야토마저 능가할 만큼 압도적이니까. 저건 잘해봐야 가랑비 정
도로밖에 안 느껴지겠지.]

물론 그런 건 유리스도 아주 잘 안다.

아니, 오히려 현 시점에 유리스만큼 오펠리아의 힘을 잘 이
해하는 사람은 세상에 없을 것이다. 그래서 개막하자마자 지금
의 기술을 쓸 필요가 있었던 것이다.

"……"

오펠리아가 말없이 '패궤의 혈겸'을 들자 울름＝마나다이트가 으스스하게 빛났다.

그 순간 터무니없는 중력이 느껴져 유리스는 아무것도 하지 못하고 그대로 짓눌렸다.

"크으윽…!"

회피할 수 없는 스테이지에 있는 거의 모든 것을 효과 범위에 두는 중력공격.

과연, 광역기술에는 광역기술로 대응하겠다는 건가.

[나왔습니다! '패궤의 혈겸'의 무자비할 정도로 압도적인 범위공격! 사사미야 선수도 벗어나지 못한 이 기술로 일찌감치 승부에 막이 내리게 될까요?!]

오펠리아 주위에 중력구가 나타나 유리스를 정확히 조준하는 것을 알 수 있었다.

지면을 기어 다니는 게 고작인 유리스로선 당연히 방어도 회피도 불가능할 것이다.

하지만 유리스는 고통으로 얼굴을 일그러뜨리면서도 도발적인 웃음을 보였다.

"헉!"

그 직후, 오펠리아의 발밑에서 새로운 불꽃이 섬광을 일으키며 피어올랐다.

물론 이것도 오펠리아의 몸에 상처 하나 낼 수 없을 것이다.

그래도 상관없다. 유리스의 노림수는 다른 데에 있으니까.

"……?!"

폭발의 충격에 날아간 오펠리아가 갑자기 지면에 내리꽂히듯 무릎을 꿇었다.

그렇다. '패궤의 혈겸'이 가진 약점은 두 가지. 하나는 대가가 너무 크다는 점이고, 나머지 하나는 사용자 자신도 그 영향을 피할 수 없다는 점이다. 고중력의 효과 범위에 들어가도 문제가 없는 건 어디까지나 '패궤의 혈겸' 본체뿐이고 사용자는 그것을 거스를 수 없다.

즉 스테이지 전체를 중력공격의 범위로 지정해도 자기 주위만은 안전지대인 채로 남겨둬야 한다. 그렇다면 그 안전지대 밖으로 내몰면 된다.

지금의 폭발은 오펠리아를 안전지대에서 날려버리는 것이 목적이었다.

아무리 오펠리아라 해도 순성황식무장의 출력으로 짓눌린다면 꽤 괴로울 것이다. 예상대로 곧바로 능력을 해제했다.

"피어올라라, 극락추조의 휘익!"

그 타이밍을 노려 유리스는 곧바로 능력을 발동시켰다.

불꽃의 날개로 단숨에 가속해, 아직도 자세가 불안정한 오펠리아의 가슴에 달린 교표를 노리고 스쳐 지나가며 광검을 휘둘렀다.

…하지만 그 공격은 직전에 튕겨 나갔다.

[오옷, 아쉽습니다! 혹시나 하고 기대했지만! 리스펠트 선수의 참격을 란드루펜 선수가 맨손으로 막아냅니다!]

그래도 비틀거리며 일어난 오펠리아에게서는 조금도 초조함이 느껴지지 않았다.

지금 유리스가 날린 일격은 완전히 승리를 노린 혼신의 베기였다.

물론 이 시합에서 유리스의 최우선 사항은 시간 벌기다. 그건 잊지 않았다.

하지만 오펠리아를 상대로 시간을 번다는 게 얼마나 어려운 일인지도 유리스가 가장 잘 안다. 어중간하게 도망다녀봐야 금세 궁지에 몰리고 말 것이다.

전력으로 승리하기 위해 덤벼야 간신히 지연전술이 성립한다.

[하지만 지금 폭발은 설치형 능력이었죠? 대체 어느 틈에 심어둔 걸까요?]

[아마 첫 공격으로 뿌렸던 염탄이겠지. 그걸 매개로 삼았을 거야. 씨앗에서 싹이 트는 이미지를 응용한 게 아닐까.]

[그렇다면 리스펠트 선수는 이 전개를 미리 읽었다는 말씀인가요?]

[뭐, 거기까지는 아니더라도 대책의 일환으로 준비해 두었다는 건 틀림없어.]

적어도 이제 오펠리아는 '패궤의 혈겸'의 능력을 지금과 같은 형태로 쓰기는 힘들 것이다. 유리스가 뿌려놓은 봉황의 산 여탸은 아직도 스테이지 어기저기에 '씨앗'이 심어서 있다. 광범위하게 고중력지대를 만들었다간 지금처럼 자폭할 수도 있다.

오펠리아는 어떤 상대든 결코 대충 상대하거나 긴장을 늦추지 않는다.

그러면서 절대로 무리하지도 않는다.

아무튼 힘 자체가 압도적이니까. 약간이라도 리스크가 있다면 그 전법을 굳이 선택하지 않아도 다른 수단으로 충분히 압도해 이길 수 있다고 생각할 것이다.

'그렇다면 나는 그 모든 것을 막아내겠어…!'

유리스는 그렇게 결의를 굳히고 다시 성진력을 끌어올렸다.

"피어올라라, 홍하의 성견화!"

유리스의 머리 위에서 거대한 불꽃의 백합이 피더니 이번에도 폭발했다.

하지만 이번에는 불꽃의 탄환을 흩뿌리는 대신 반짝거리는 심홍의 입자가 스테이지 위를 안개처럼 덮었다. 시야를 가릴 만큼의 농도는 아니지만, 그래도 우주에서 빛나는 별들처럼 보일 것이다.

"……."

오펠리아는 아주 살짝 눈썹을 움직였지만, 입자를 마시지 않도록 교복 소매로 입가를 가리고서 (인체에는 별다른 해가 없으니 그럴 필요는 없지만, 일부러 알려줄 필요도 없으리라) 작은 목소리로 중얼거렸다.

"…먼지가 되어라."

그러자 발밑에서 장기가 끓어올라 거대한 망자의 팔을 구축했다.

주위에서 떠돌던 붉은 입자는 마치 빨려 들어가듯 그 팔에 달라붙었다.

[오오? 붉게 반짝거리는 뭔가가 란드루펜 선수가 만들어낸 장기에 달라붙고 있는데요…. 자하룰라 씨, 이건 대체…?]

[으음…. 모티프는 꽃가루인가?]

오펠리아는 그런 건 신경도 쓰지 않고, 접촉한 모든 물체를 침식하는 맹독의 팔을 유리스에게 휘둘렀다.

"피어올라라, 육판의 폭염화!"

유리스도 거기에 대응해 기술을 펼쳤지만, 원래 육판의 폭염화가 가진 화력으로는 오펠리아의 능력에 대항할 수 없다. 평소라면 출력 때문에라도 삼켜질 것이다.

하지만….

육판의 폭염화가 직격한 찰나, 대폭발이 일어났다 싶더니 거센 폭풍이 휘몰아치고 귀를 찢는 굉음이 울려 퍼졌다.

거목과 같은 장기의 팔이 유리스의 눈앞에서 무너져 내리듯 연소되어갔다.

[이, 이건 엄청난 화력입니다! 그, 그런데 리스펠트 선수에게 이런 위력을 가진 기술이 있었던가요? 혹시 준결승에서 보여준 그 기술을…?]

[…아니, 그게 아냐. 이건 아마… 조연재야.]

그렇다.

홍하의 성견화가 산포한 붉은 입자는 유리스를 제외한 대상의 만응소 변환에 반응해 달라붙고, 유리스의 만응소 변환 패턴에 호응해 화력을 끌어올리는 조연재. 월화미인을 사용했을 때만큼은 아니지만 그래도 화력을 몇 배 끌어 올리는 효과가 있다.

"백합의 꽃가루는 지긋지긋할 정도로 떨어지지가 않지. 나도 예전에 그 온실에서 붉은 꽃가루가 옷에 붙는 바람에 고생한 일이 있거든. 기억나, 오펠리아?"

"…글쎄. 이젠 잊어버렸어."

오펠리아의 대답은 쌀쌀맞았지만, 유리스는 위화감을 느꼈다.

지금 한 말은 거짓이다. 눈을 보면 알 수 있다.

예전의 오펠리아라면 기억하고 있음을 숨기지 않고, 그러면서도 모든 것을 체념한 말로 쳐냈을 것이다.

그런데 지금은 거짓말을 한다.

그것이 어떤 변화 때문인지는 모르겠다.

모르지만, 적어도 나쁜 방향은 아니라고 유리스는 느꼈다.

[크으~! 시합이 시작되자마자 최고 레벨의 '마녀' 둘이서 엄청난 공방을 펼치고 있습니다! 그야말로 결승전다운 배틀이라고 말하는 데에 부족함이 없군요!]

[솔직히 리스펠트를 얕보고 있었어. 오펠리아 란드루펜은 규격 자체가 다르다고 쳐도, 지금의 리스펠트는 '마녀'로서 실비아 류네하임과 맞먹는 수준까지 성장했어. 게다가 원래 리스펠트의 능력은 오펠리아 란드루펜의 능력과 상성이 좋거든.]

[상성이라고요?]

[독성물질… 특히 화학병기 같은 것을 처리하는 방법은 두 가지. 하나는 중화, 또 하나는 연소. 즉, 전부 태워 버리는 거야. 불을 조종하는 리스펠트의 능력은 장기를 조종하는 오펠리아 란드루펜에 대해 처음부터 본질적인 어드밴티지가 있다는 소리지. 그동안 오펠리아 란드루펜과 맞붙은 화염계통 능력자는 꽤 있었지만, 출력에서부터 차이가 워낙 커서 그 우위가 의미를 갖지 못했거든. 하지만 리스펠트는 그 큰 차이를 전술과 능력의 조합으로 메우고 있어. 이건 어쩌면 이변이 일어날지도 모르겠네.]

자하룰라의 목소리는 약간 흥분한 것처럼 들리기도 했다.

높이 평가해주는 건 고맙지만, 정작 유리스 본인은 전혀 여유를 느끼지 못하고 있었다.

견술이린 이무리 꼼꼼하세 순비해노 상황에 따라 무의미해지기도 하고, 능력의 조합이라고 말하면 듣기에는 좋지만 그만큼 수고나 시간도 필요하다. 오펠리아의 한 가지 공격에 대해 두세 가지를 겹쳐야 간신히 호각이 되니 어떻게 해도 밀릴 수밖에 없다.

하지만 앞서 말했듯 도망 다니거나 수비만 하다 보면 그대로 짓눌려 버릴 게 확실하다. 필요한 때에는 다소 무리해서라도 치고 나가면서 오펠리아가 적당히 경계하게 만들어야 일방적인 경기가 되지 않는다. 당연히 어떤 순간이든 단 한 번의 실수도 용납되지 않는다.

'하여간 외줄타기도 이런 외줄타기가 없어…!'

다만 유리스는 자신이 쉽게 질 거라는 걱정도 하지 않았다.

여차하면 비장의 수, 월화미인도 있다.

시간제한이 있는 기술이기 때문에 마지막의 마지막까지 아껴둬야 하는 카드지만, 월화미인을 썼을 때의 유리스는 아야토를 압도하고 판싱루의 영역까지 도달했다. 오펠리아 상대로도 충분히 통할 것이다. 고작 12초이기는 해도.

'아야토는 시간을 벌어 달라고 했지만, 구체적으로 어느 정도의 시간이 필요한지는 말하지 않았어. 아마 아야토도 일을 완수하는 데에 얼마나 시간이 필요한지 모르기 때문이겠지. 그리고 시간을 정해버리면 그게 나한테 부담으로 작용할 걸 걱정했는지도 몰라.'

즉, 유리스가 할 수 있는 행동은 그저 최대한 시간을 버는 것뿐이다.

'성무제'의 시합시간은 제각각이라서 순식간에 승부가 나기도 하고 한없이 늘어지는 경우도 있다. 전체적으로 보면 단체전인 '사취성무제'가 시간이 길지만, 재미있게도 태그전인 '봉황성무제'보다 개인전인 '왕룡성무제'가 평균적으로 시합시간이 길다. 태그 중 하나가 탈락하면 균형이 무너져 단숨에 결판이 나는 경우가 많은 '봉황성무제'에 비해, 개인전인 '왕룡성무제'는 역량이 호각일 경우 결정타를 넣기 힘들기 때문이라는게 일반적인 분석이다. 쌍방이 도주나 방어에 능한 선수의 경우엔 1시간 넘게 싸우는 일도 있을 정도다.

하지만 역시 오펠리아 상대로 1시간을 번다는 건 현실적인 전망은 아니다.

그 반… 30분도 지극히 난이도가 높지만, 목표 라인은 높게 설정해두지 않으면 의미가 없다.

'좋아. 30분, 한번 버텨 보자고…!'

"피어올라라, 초염의 열해화·수많은 꽃송이!"

유리스는 겹꽃잎의 불꽃 다섯 개를 동시에 현현시켜 오펠리아를 포위하듯 둘러쌌다. 하지만 곧바로 공격하지는 않았다.

"……."

한편 오펠리아도 가볍게 주위를 확인했지만 곧바로 움직이려고 하지 않았다.

[보기 힘든 모습입니다! 란드루펜 선수가 상황을 보고 있습니다!]

역시 그렇군.

[이유는 알겠어. '고독의 마녀' 오펠리아 란드루펜이라고 해도 자신이 만들지 않은 독은 경계할 수밖에 없구나.]

[아, 확실히 리스펠투 선수의 이 기술은 우샤오페이 선수를 궁지에 몰아넣었던 그 독성의 꽃이군요!]

단순한 화력으로는 오펠리아의 방어력을 돌파하기 힘들다. 어중간한 기술로는 아무런 위협도 되지 않으리라.

하지만 거기에 부수적인 효과가 있다면 이야기가 다르다.

초염의 열해화는 강한 독을 가진 협죽도의 꽃을 모티프로 삼아, 폭발하면서 독의 불꽃을 뿌린다.

오펠리아는 장기의 독을 조종하고 거기에 대한 내성도 있지만, 유리스가 만들어낸 독은 미지의 것이다 보니 섣불리 행동할 수는 없으리라.

"독은 너만 쓸 수 있는 게 아니야, 오펠리아."

"그러게. 나는 한 번도 그걸 자랑해본 적이 없지만…. 이런 식으로 견제당하는 건 조금 싫은걸."

오펠리아는 그렇게 중얼거리더니, 초염의 열해화와 거의 같은 크기의 중력구를 다섯 개 만들어내 포위한 화염꽃에 충돌시켰다.

"그렇게 나올 거라고 생각했어!"

유리스가 그보다 먼저 손가락을 튕기자, 초염의 열해화는 다섯 개가 전부 폭산했다. 어차피 출력 차이를 생각하면 중력구와 부딪혀봐야 삼켜지는 것으로 끝이다.

독을 머금은 불꽃가루가 오펠리아를 향해 눈처럼 내려앉았다.

'어떠냐, 이거라면 피할 방법이 없겠지…!'

분산된 만큼 독의 효력도 떨어지겠지만, 조금이라도 오펠리아의 체력을 깎을 수 있다면 그걸로 충분하다.

하지만 오펠리아는 시선을 조금 위로 향했을 뿐, 안색 하나 바꾸지 않고 중얼거렸다.

"…광표하게 흩어져라."

오펠리아의 주위에서 장기가 급속도로 소용돌이치더니, 돌풍으로 변해 불꽃가루를 전부 날려버렸다.

"쳇! 그렇게 간단하게 되진 않는군…!"

유리스가 아쉬워하면서도 다음 수를 준비하려고 성진력을 집중시키던 그때.

갑자기 오펠리아의 시선이 유리스를 꿰뚫었다.

"…과연. 잔꾀이긴 하지만 이것도 하나의 힘이지. 네 운명은 확실히 힘을 키웠구나."

"아까 말했을 텐데? 운명이 아니야. 실력이다."

일부러 정정했다.

"나도 아까 말했어. 어느 쪽이든 나에게는 차이가 없다고. 그렇다면 그 힘, 마지막으로 한 번 더 시험해보겠어."

유리스의 등에 싸늘한 오한이 퍼졌다.

오펠리아가 가진 '패궤의 혈겸'의 울름＝마나다이트가 불길한 보라색 빛을 강하게 발하며 괴로운 신음소리를 냈다.

이건 5회전에서 오펠리아가 썼던….

"…부계로 가득 차라."

＊

"사야! 괜찮아, 사야?!"

몽롱한 의식 저편에서 아야토의 목소리가 울려 퍼진다.

가볍게 머리를 흔들어 의식을 각성시켰다. 낡은 롱체어 같은 것들이 늘어선 넓지 않은 공간이었다. 몸을 일으키니 '식무제' 스테이지가 내려다보이는 위치에 있고, 아야토가 걱정스러운 표정으로 자신을 올려다보고 있었다.

아무래도 여기는 '식무제'의 관객석인 모양이다. 헤르네크라움이 폭발했을 때 폭풍에 여기까지 날려온 듯했다.

"괘, 괜찮아…. 문제없어."

척 하고 엄지를 세워 보았지만, 몸이 살짝 비틀거렸다. 하지만 이 정도 대미지로 끝난 게 기적이다. '적하의 마검'에 직격당했다면 몸이 산산조각 났어도 이상하지 않으니까.

옆에 굴러다니는 헤르네크라움의 잔해를 보고 사야는 이를 악물었다. 분명 이 아이가 방패가 되어 주었기 때문에 사야가 무사할 수 있었던 것이다.

"앗! 아야토! 위험해!"

그때, 허점을 노리듯 '적하의 마검'의 파편이 유성군처럼 아야토에게 날아들었다.

아야토는 곧바로 뛰어서 회피했지만, 사야에게 가 있던 파편까지 합류하면서 압도적인 양이 되어 도망치는 아야토를 쫓는다. 아야토는 스테이지를 종횡으로 달리며 어떻게든 따돌리고 있는데, 따라잡힌다면 조금도 버티지 못할 것이다.

사야도 어떻게든 힘을 보태고 싶지만 이미 수중에 남은 무기가 거의 없다. 핸드건 정도라면 있지만 역시 이걸로 저 마디아스 메사에게 덤비는 것은 무모한 짓이다. 분하지만 실력으로 보면 사야는 마디아스에게 한참 미치지 못한다. 무기가 완벽하게 갖춰져 있다면 모를까, 맨몸으로 나서봐야 아야토에게 방해만 될 것이다.

뭔가 방법이 없을지 고민하면서 주위를 둘러보다가 사야는 관객석 통로에서 **그것**을 발견했다.

"설마…?!"

허둥지둥 달려가서 확인하니 확실했다.

그것은….

"아야토! 폭탄! 그것도 군용 마나다이트 혼합폭약식이야!"

"뭣?!"

아야토가 경악하자, 그때까지 유유히 서서 '적하의 마검'을 컨트롤하는 데에만 신경 쓰던 마디아스가 사야를 보았다.

"이런, 들켜버렸나. 이럴 줄 알았다면 조금 위장해둘 걸 그랬어."

확실히 폭탄은 기구가 그대로 드러난 채 아무렇게나 놓여 있었다.

스테이지를 둘러싼 관객석을 확인하니 동일한 물건이 여섯 개 있었다.

사야의 체구 반쯤 되는 크기라 하나만으로도 위력은 상당하겠지만, 그것이 여섯 개나 된다면 상승작용으로 파괴력이 엄청날 것이다.

"무슨 속셈이냐, 마디아스 메사!"

'적하의 마검'의 파편을 회피하면서 아야토가 외쳤다. 그 움직임에서 조금이긴 해도 여유와 비슷한 것이 느껴졌다. 아무래도 면의 참격에 적응한 듯했다. '적하의 마검'은 파편을 잘게 분할할수록 세밀한 컨트롤은 할 수 없게 된다고 하니 공격도 엉성해질 수밖에 없다. 하지만 사야로서는 이 짧은 시간에 간파한다는 것부터가 도저히 불가능한 경지니까 역시 아야토의 능력을 칭찬해야 하리라.

"흐음…. 뭐, 자네들은 당연히 모르겠지. 사실 이 '식무제' 회장에는 숨겨진 역할이 있거든."

마디아스도 그 점을 깨달았는지, 파편을 자신 쪽으로 회수해 원래의 대검 형태로 합체시켰다.

"역할…?"

"자네들도 알다시피, 이 애스터리스크라는 도시는 모형정원이야. '성맥세대'를 관리하기 위한. 관리가 목적이라면 여차할 때 처리하는 방법도 마련해 둬야겠지. 당연한 일이잖나?"

처리.

그 말투에 모골이 송연해진다.

"뭐, 그렇게 대단한 이야기는 아니야. 구조를 보면 알 수 있겠지만, 이 '식무제' 스테이지는 애스터리스크를 설계하던 때부터 준비되어 있었던 장소야. 이런 공간을 나중에 끼워 넣을 수는 없으니까. 대개수 때에도 여기만은 손을 대지 않았지. 그럼 여기가 처음부터 '식무제'를… 비합법 배틀이나 즐기기 위한 투기장으로서 만들어졌다고 생각하나? 설마! '식무제' 따위는 본래의 용도에 비하면 단순한 여흥이야. 여긴 여차할 때의 안전장치… 그 스위치라고 할 수 있지."

마디아스는 아무렇지 않게 그런 소리를 했다.

"수상도시로서의 애스터리스크는 기본 구조가 대단히 견고해. 어지간한 방법으로는 흔들리게 만들 수조차 없지만, 처음부터 그런 목적으로 만든 경우엔 이야기가 다르지. 이 공간이 파괴되어서 물에 잠기면, 애스터리스크를 지지하는 기저 스트럭처군에 부하가 가해져 붕괴하는 구조로 되어 있거든. 즉, 이 도시가 통째로 물속에 잠긴다는 소리야."

"그게 무슨…!"

좀처럼 믿기 힘든 이야기지만, 만약 정말로 애스터리스크 자체가 붕괴한다면 오펠리아를 막아봐야 의미가 없다.

그것이야말로 얼마나 많은 목숨을 잃게 될지 상상도 가지 않는다.

"하지만 물론 간단한 일은 아니야. 여기의 벽면 구조는 몇 겹으로 되어 있고, 애스터리스크에서 가장 견고하게 만들어진 부위거든. 정확한 지점을 동시에 폭파해야만 하지. 그렇지 않다면 이런 위험한 시설에서 멍청하게 '식무제' 같은 수상쩍은 짓이나 즐길 수는 없지 않겠나?"

마디아스의 말투는 어딘가 조소하는 느낌이 섞여 있었다.

다만 그것이 대체 누구를 향하는 것인지는 알 수 없었다.

"어째서 일부러 그런 짓을 하지…? 너희의 계획대로 '고독의 마녀'가 사람들을 살육한다 쳐도, 도시 자체를 파괴할 필요는 없잖아!"

"오펠리아 양이 맡은 일을 깔끔하게 완수해주더라도 만에 하나 통합기업재체의 후속조사로 진상이 밝혀진다면 모든 게 헛수고가 되지 않겠나? 탐지계 능력자 중엔 과거까지 파헤칠 수 있는 녀석도 있으니까. 만일에 대비한 증거인멸이라는 걸세."

만일에 대비헤.

단지 그것만을 위해 이렇게까지 하는 건가.

사야는 금지편 동맹의 멤버들이 얼마나 제정신이 아닌 놈들인지 새삼 뼈저리게 느꼈다.

"…사야, 해체할 수 있어?"

"어…?"

갑자기 날아온 말에 사야는 당황했지만, 곧바로 정신을 가다듬고 폭탄을 살펴보았다. 마나다이트를 사용한 혼합폭약은 구식 폭약만으로 제조한 폭탄보다 훨씬 위력이 강하지만, 황식 무장과 마찬가지로 제어장치가 필요하다는 제약이 있다. 그렇다면 기억형상 프로그래밍을 수정해 정지시킬 수 있을지도 모른다.

"장담할 수는 없지만… 아무튼 해볼게!"

사야는 휴대단말기를 꺼내서 강제적으로 제어장치에 링크시긴 후에 글미로 분식찍입을 시삭했나.

"이봐. 그걸 내가 가만히 보고만 있을 거라고 생각하나?"

마디아스가 '적하의 마검'을 들었지만, 가만 놔두지 않겠다는 듯이 아야토가 상단베기를 날리며 덤벼들었다.

"큭…!"

그 기세는 이제까지보다 훨씬 날카로워, 마디아스마저 한 걸음 물러서게 만들 정도였다.

아야토는 다시 하단에서 횡베기로 예리하게 공격을 이어나갔다.

"호오…! 조금은 내 움직임에 대응하게 되었나…! 뭐, 이렇게 자네와 검을 맞대는 것도 벌써 세 번째야! 그 정도는 해주지 않으면 곤란하지!"

마디아스는 그렇게 말하더니 일단 거리를 두고, 어깨에 손을 대고는 목을 빙글 돌렸다.

"좋아. 설렁설렁 상대하다가 나자빠진다면 꼴이 우스우니까. 사사미야 양은 자네를 죽이고 나서 처리하도록 할까."

그 순간, 마디아스의 몸에서 믿기 힘든 정도의 살기가 뿜어져 나왔다.

멀리 떨어져 있는 사야조차도 내장이 짓눌리는 기분이 드는 압박감이다. 순식간에 온도가 영하로 떨어진 듯한 느낌, 그리고 공기가 납으로 변한 듯한 중압감에 자신도 모르게 손이 덜덜 떨렸다.

'이게 마디아스 메사의 진짜 실력…!'

그렇다면 이 살기를 정면에서 받아내고 있는 아야토는 대체 얼마나 큰 중압감을 견디고 있을까.

하지만 사야는 고개를 살짝 젓고는 당장 해야 하는 일에 의식을 집중시켰다.

사야에게는 사야가 해야 하는 일이 있다.

아마 사야가 여기까지 따라온 의미는 이것을 위해서가 아닐까.

그렇다면 그것을 완벽하게 해낼 수 있도록 하자.

사야는 예전에 몰래 에이시로에게서 조달한 크래킹 툴을 기동시켜서 (참고로 플로라를 찾을 때 환락가에서 에이시로가 썼던 물건이다) 제어장치의 내용을 수정하는 작업에 착수했다.

＊

"아마기리 신명류 검술 오전, '히가바치'!"

몸을 비튼 상태에서 오른팔만으로 날리는 혼신의 찌르기. 굳이 급소가 아닌 '적하의 마검'을 든 손을 노린 예리한 일격이었지만, 마디아스는 유유히 걷어냈다.

"쳇…!"

아야토노 그것으로 끝내지 않고, 검을 휘두른 기세를 살려 왼손 역수로 고쳐 들고 몸을 한 바퀴 돌려 가로로 길게 베었다.

아마기리 신명류 검술 중전 '토비아자미'다.

마디아스는 조금 놀란 듯이 눈살을 찌푸렸지만, 크게 몸을 젖히는 것만으로 공격을 회피해냈다. 눈앞을 '흑로의 마검'이 아슬아슬하게 지나가는데도 전혀 동요하지 않는다. 완전히 파악하고 있는 것이다.

게다가 그런 불안정한 자세에서 '적하의 마검'을 휘둘러 반격까지 한다.

"큭!"

앞으로 내밀었던 오른 다리에 힘을 주고 억지로 몸을 기울이자, 거대한 대검은 아야토의 교복만 싹둑 베고 지나갔다.

그러자 마디아스는 일견 검에 휘둘리듯 불안정한 움직임으로 크게 몸을 뒤틀며 비스듬하게 공격을 뻗었다.

아야토도 올려베기로 튕겨낸 후에 곧바로 공격을 이어갔다.

"아마기리 신명류 검술 중전, '쿠리카라'!"

"어허…!"

하지만 마디아스는 몸을 살짝 비틀어 칼날을 피하더니 왼발로 아야토의 배를 걷어찼다.

"크…윽!"

단순한 발차기인데도 그 힘이 보통이 아니다.

도저히 버틸 수 없어, 아야토는 멀리 날아가 반쯤 무너진 거대한 기둥에 세게 부딪혔다.

"커헉!"

공기가 폐에서 빠져나와 한순간 눈앞이 어두워졌다.

그 직후에 '적하의 마검'의 파편이 날아와 구르듯 도망친 아야토의 눈앞에서 기둥이 완전히 산산조각 났다.

"헉… 헉… 헉…."

숨을 고르면서 곧바로 몸을 일으키고 '흑로의 마검'을 들었다.

그런 아야토를 마디아스가 명랑한 목소리로 비웃었다.

"하하하! 하루카도 그러더니 역시 자네도 똑같군. 아마기리 신명류라고 했던가? 하여간 정말로 시시해."

"뭐라고…?!"

아야토가 분노를 담아 반응하자, 마디아스는 과장된 몸짓으로 어깨를 으쓱했다.

"오, 아냐, 아냐. 오해는 하지 마. 나는 자네나 하루카가 강하다는 건 인정하고, 딱히 자네들의 유파만 바보 취급하는 건 아니니까. 내가 시시하다고 생각하는 건 검술입네 검기입네 하는 것들 전부일 뿐. 그게 아마기리 신명류가 되었든 토도류가 되었든 다른 유파가 되었든 다 똑같아. 조금 더 말하자면 그 이전에 싸움에 기술이니 형이니 하는 걸 끌고 오는 것부터가 어리석은 일이지."

마디아스는 마치 한숨을 토해내듯 그렇게 말했다.

"싸움이란 상대를 쓰러뜨리고 짓밟는다. 그게 끝이야. 상대에게 빈틈이 있다면 그걸 노리고, 빈틈이 없다면 움직여서 만들어낸다. 실로 자유롭고 단순하지 않나. 나로선 기술 따위는 자기 행동의 폭을 좁게 만든다는 생각밖에 안 들어."

어이없는 헛소리지만, 마디아스가 그런 소리를 당당하게 할 수 있는 힘의 소유자라는 것도 사실이긴 하다.

형태에 얽매이지 않으면서도 빈틈도 낭비도 없는 공격, 무형, 그리고 어떠한 예측도 허락하지 않는 정밀한 동작, 무박자. 어떤 의미에선 무술의 극의라 할 수도 있을 이 두 가지 경지를, 아마 마디아스는 완전히 체득하고 있을 것이다.

클로디아에게서 받은 데이터에 따르면, 마디아스는 '무한투기장'이라 불리는 언더그라운드 배틀 엔터테인먼트 출신이라고 한다. 그곳에서 어린 시절부터 8년 내내 싸움만 했다는 뜻이다. 수백 수천 번의 목숨을 건 시합을 통해 천부적인 재능이 연마된 결과가 바로 이 무형무박자이리라.

검에 관한 재능이라면 아야토는 키린에게서 최상의 소재를 보았지만, 근원적인 싸움의 재능이라는 점에서 마디아스는 아야토가 만난 모든 인간을 능가하고 있었다.

"물론 술리(術理)는 중요하겠지. 이치를 배운다는 건 옳아. 하지만 그것을 일정한 형태에 끼워 맞추는 의미를 나로서는 모르겠거든. 마치 흉내내기 놀이 같아. 뭐, 그건 그것대로 이 추악한 서커스장 같은 도시와 잘 어울리긴 하지만…."

거기까지 말한 후, 마디아스가 갑자기 간격을 좁혔다.

'식'의 경지를 썼는데도 간격을 제대로 읽을 수 없는 독특한 보법.

목이 날아가기 직전에, 아야토는 그 붉은 날을 '흑로의 마검'으로 아슬아슬하게 막아냈다.

'흑로의 마검'까지 한 번에 밀어서 찌부러뜨릴 듯한, 단단하고 중후한 검격.

"큭…!"

"그런 만큼 나도 아마기리 신명류의 극전이라는 건 높이 평가하고 있어. 그건 형이 아니라 술리뿐인 기술이잖나?"

날을 맞댄 채 마디아스가 씨익 웃었다.

타이밍을 재서 힘을 흘려보내고 위치를 교환하면서도, 마디아스는 태세를 전혀 무너뜨리지 않고 다시금 '적하의 마검'을 휘둘렀다.

두세 번 공격을 주고받은 후, 서로 거리를 두자 마디아스는 느긋하게 두 팔을 벌려 보였다.

마치 덤벼보라고 말하듯.

'극전을 유도하는 건가…. 그렇다면!'

아야토는 일부러 그 도빌에 응하기로 했다.

그 움직임에 최소한의 대응은 할 수 있게 되었다 해도, 여전히 마디아스가 압도적으로 유리한 상황이라는 건 변함이 없다. 스펙에 있어서는 모든 면에서 아야토를 상회하고 있으니 그럴 만도 하다. 비장의 수인 극전을 아껴 둘 만한 여유는 없다.

걱정이 있다면 이미 극전 중 두 가지를 '왕룡성무제'의 시합에서 노출시켰다는 점이다. 물론 극전은 아마기리 신명류의 최종오의이고, 한두 번 본 정도로 쉽게 공략할 수 있는 기술은 아니다. '츠고모리'는 로돌포 조포에게 막혔지만, 그건 극전보다는 '흑로의 마검'이 공략당했다고 말하는 편이 올바르니 어차피 흉내 낼 수는 없을 것이다.

하지만 상대는 마디아스 메사다. 이렇게 노골적으로 유도하는 이상 꿍꿍이가 있을 것이다.

'그렇다고 해도 주저하고 있을 시간은 없어!'

유리스와 오펠리아의 결승전이 끝나기 전에 결판을 내지 않으면 안 된다.

아야토는 눈을 감고 '식'의 경지를 심화시켜 지각을 더욱 예민하게 만들었다.

이 상태는 오래 유지할 수 없지만, 만약 지금 공격당하더라도 충분히 대응할 수 있을 것이다.

'정'의 세계가 구축되고 모든 '동'이 부각된다.

그 안에서 아야토는 확실히 마디아스의 거동, 그것의 발단을 느꼈다.

"아마기리 신명류 극전 제일, '츠고모리'."

부드럽게.

아야토는 흐르는 물처럼 조용하고 완만하게, 완벽한 카운터를 마디아스에게 때려넣었…을 것이다.

"헉…?!"

하지만 그 일격은 아무것도 없는 허공에서 튕겨 나가 궤도를 바꾸어 버렸다.

경악하면서 눈을 크게 뜬 아야토를 노리고, 기다리고 있던 마디아스가 '적하의 마검'을 휘둘러 오른쪽 옆구리를 베었다.

"크으윽…!"

아픔보다는 뜨거운 기운이 느껴져 피가 흐르고 있음을 알았다.

간신히 백스텝으로 거리를 벌리고 나서 힘없이 한쪽 무릎을 꿇었다. 반사적으로 몸을 기울여 치명상은 피했지만 상처가 꽤 깊다.

아니, 그보다도.

"지금 건…!"

아무것도 없는 허공으로 튕겨나간 것이 아니다.

집중해서 보니, 마디아스 주위에는 붉은색으로 반짝거리는 '적하의 마검'의 파편이 떠 있었다. 아야토가 공격을 건 순간에 그 파편들이 결집하는 것을 확실히 느꼈다.

즉….

"이런, 한 번에 알아차렸나. 역시 대단하군."

비꼬는 게 아니라 진심으로 감탄한 듯이 마디아스가 턱을 쓰다듬었다.

"…자동방어인가."

"오, 잘 아는군. 바로 그거야. 내 주위에는 '적하의 마검'의 파편이 부유하고 있지. 이것들은 내 사고에 반응해서 결집해, 즉각적으로 날을 형성하면서 자동적으로 공격을 막아주거든."

'츠고모리'는 완전한 후의 선을 이루는 기술이지만 어디까지나 대상의 거동을 앞지를 뿐이다. 사고에는 반응할 수 없고, 공간상에 자동적으로 형성되는 날이라면 그 너머까지 공격을 닿게 하기는 어렵다.

"'적하의 마검'은 면의 참격이라는 잔인함만이 부각되기 쉽지만, 적절한 실력을 갖춘 자가 휘두르면 대단히 활용도가 좋은 물건이야. 지금처럼 방어에도 쓸 수 있고, 공격할 때도 다채로운 패턴을 만들어낼 수 있지. 예를 들면 이런 식으로…."

마디아스가 '적하의 마검'을 휘두르자 거대한 날이 세세한 조각으로 나뉘어 아야토 주위를 돔처럼 몇 겹이나 포위했다. 백 개를 우습게 넘을 숫자다.

"⋯⋯!"

정연하면서도 전개속도가 신속해서 아야토도 전혀 도망칠 수 없었다. 아니, 알고 있어도 대처할 방법은 거의 없었으리라. 만약 아야토가 포위당하지 않게 도망쳐도, 멀리 돌아서라도 파편을 배후까지 보내 거기서부터 포위망을 좁히면 그만이다.

"알다시피 '적하의 마검'의 파편은 잘게 쪼갤수록 컨트롤이 어려워져. 그래서 면의 참격은 어느 정도 파편을 덩어리로 모아서 때려 넣을 수밖에 없지만, 그보다 조금 더 크기를 키우면 정밀한 컨트롤까진 무리여도 각각 다른 이동 방향으로 조종하는 정도는 할 수 있지."

마디아스의 설명에 아야토의 등줄기에 식은땀이 흘렀다.

포위 공격 자체는 드물지 않다.

숙련된 '마법사'나 '마녀'라면 능력을 구사해서 이런 공격을 시도하는 일도 흔할 것이다.

하지만 그것이 순성황식무장이라면, 위협도는 압도적으로 높다.

평범한 공격이라면 아야토의 풍부한 성진력으로 어느 정도 대미지를 경감할 수 있지만, 순성황식무장이라면 그런 식으로 대응할 수는 없다. 그것이 참격이나 찌르기라면 더욱 그렇다.

"자, 어떻게 피할 텐가?"

그 직후에 파편이 포위하듯 일제히 아야토를 덮쳤다.

상공을 포함한 전방위에서 빈틈 하나 없이 날아오는 고속동시포위 공격. 게다가 한 발 한 발이 순성황식무장의 파괴력을 갖추고 있다.

아야토는 그 즉시 '식'의 경지로 범위와 강약을 조정해 의식을 집중시켰다.

"아마기리 신명류 검술 극전 제이, '와자오기'."

아야토는 '흑로의 마검'을 종횡무진으로 휘둘러 '적하의 마검'의 파편을 튕겨냈다.

물론 아무리 빠르게 검을 휘둘러도 온갖 방향에서 날아오는 동시공격을 전부 막아낼 수는 없다.

하지만….

"호오…!"

마디아스가 다시, 이번에는 더 큰 감탄의 목소리를 냈다.

"이건 정말 대단한데! 설마 튕겨낸 파편으로 다른 파편을 막아내고, 그것을 또 다른 파편에 맞혀 막아낼 줄이야…! 그야말로 신기에 달한 재주로군!"

극한까지 끌어올린 '식'의 경지와 '와자오기'에 의한 반자동적 회피행동의 정밀성을 동원해야 비로소 가능한 호신이다.

그렇지만 물론 모든 공격을 다 막아낼 수는 없다.

붉은 폭풍이 휩쓸고 지나갔다. 아야토는 거친 숨을 몰아쉬면서도 간신히 서 있다. 몸에는 베이고 찢기고 찔린 무수한 상처가 나 있었다.

가까스로 급소만은 지켰지만 그 이외의 모든 장소에서 피가 뿜어져 나온다.

"크…윽!"

"대단해, 정말 대단해. 감탄했어."

마디아스는 웃는 얼굴로 그렇게 말하면서 '적하의 마검'을 다시 한번 휘둘렀다.

그러자 아까와 마찬가지로 '적하의 마검'의 파편이 아야토 주위를 포위했다.

"완전하진 않지만 어느 정도 효과는 있었던 것 같군. 그렇다면 굳이 다른 수를 쓸 필요도 없겠지. 따분할 정도로 같은 공격을 반복하면 돼. 내 말이 틀렸나?"

당연한 일이라는 듯이 마디아스가 웃었다.

"자… 몇 번이나 견딜 수 있을까?"

학전도시
앳스터리스크

제3장

최종결전 3

"…부계로 가득 차라."

오펠리아가 중얼거린 순간, 스테이지 곳곳에서 장기 거목들이 엄청난 기세로 난립했다.

[오옷! 이 기술은 란드루펠 선수가 5회전에서 힐다 제인 로우랜즈 선수를 타도했던…!]

'오펠리아의 능력에 '패궤의 혈겸'의 능력을 결합한 강력한 기술…!'

유리스는 극락조의 등익을 써서 공중으로 도망쳤지만, 물론 그 정도로 회피할 수 있을 만큼 만만한 기술은 아니다. 똑바로, 혹은 비스듬하게 유리스를 짓이겨버리기 위해 차례로 거목이 생겨난다.

[마치 순식간에 태고의 거대밀림이 스테이지상에 재현된 듯합니다! 각각의 크기는 20미터를 가볍게 넘습니다! 그런 거목이 계속해서 끝을 모르고 생겨나고 있습니다!]

오펠리아와 호각을 이뤘던 '대박사' 힐다조차 버티지 못한 기술이지만, 그래도 한 번 본 기술이니만큼 유리스는 대처법을 마련해두었다.

"피어올라라!"

유리스가 호령하자마자 스테이지 바닥이 차례차례 폭발을 일으켰다.

처음에 심어둔 봉황의 산염화의 씨앗을 일제히 기폭시킨 것이다.

물론 웬만한 폭발로는 꿈쩍도 하지 않겠지만, 지금은 홍하의 성견화로 산포해놓은 꽃가루 조연재가 있다. 위력은 훨씬 강할 것이다.

어차피 아까처럼 이 장기의 거목을 싹 태워버리려는 건 아니다. 이것들은 어디까지나 지면에서 자라나고 있으니까 뿌리만 태운다면….

"좋아…!"

유리스를 쫓아온 거목들은 뿌리가 꺾여 겹쳐지듯 쓰러졌다.

하지만 전부 다 그렇게 된 것은 아니다. 조연재 덕분에 화력이 높아졌다고 해도 오펠리아의 출력은 애초에 차원이 다르다. 한두 번의 폭발로는 뿌리가 파괴되지 않은 거목이, 당구 큐로 당구공을 치듯 유리스를 노리고 계속해서 덮쳐왔다.

"큭…!"

수가 유리스의 예상보다 훨씬 많았다.

불꽃날개를 펄럭이며 스테이지 상공을 날아 어찌어찌 회피하고 있지만, 거목이 바로 옆을 아슬아슬하게 스쳐 지나가는 상황도 수시로 발생했다. 스치는 것이 곧 패배를 의미하는 오펠리아의 공격에서 계속 도망다니는 것은 육체적으로도 정신적으로도 심각한 부담을 준다.

유리스가 그나마 끝까지 도망친 것은 꼼꼼한 준비와 대책 덕분이 반, 그리고 거목들이 겹쳐 쓰러지면서 새로운 거목의 기세와 돌출을 막아낸 것··· 즉 운이 반이라고 해야 하리라.

"헉헉···!"

그래도 아슬아슬하게 끝까지 버텨냈다.

난립이 멈추자 스테이지를 가득 채운 거목이 천천히 가스형 장기로 분해되었다.

"피어올라라, 대륜의 폭요화!"

유리스는 공중에서 황식원격유도무장을 지면에 꽂은 뒤, 설치형 능력을 곧바로 발동시켜 기체화된 장기를 전부 태워버리고 그곳에 착지했다.

[사, 살아남았다! 리스펠트 선수, 란드루펜 선수의 저 무서운 기술에서 살아남았습니다!]

[간신히 버티긴 했지만. 아마 한 번 더 똑같이 할 수 있는 건 무리일 거야.]

실제로 무리인지 어떤지는 둘째치고, 상당히 힘들다는 건 자하룰라의 말이 맞는다. 그리고 오펠리아라면 그 선택을 할 가능성이 크다.

유리스는 다시 홍하의 성견화를 발동시켜 전부 써버린 조연재를 다시 산포했다.

어찌 됐든 대비를 해두지 않으면 안 된다.

"……."

하지만 오펠리아는 예상을 깨고 아무 말 없이 유리스를 바라보다가 작게 한숨을 내쉬었다.

"하아…. 그래. 그런 거구나. 좋아, 인정할게."

"호오? 드디어 내 실력을 조금은 인정한다는 거냐?"

"응."

유리스는 가볍게 던진 말이어서 설마 긍정할 거라는 생각은 안 했기에 조금 놀랐다.

"…그거 영광인걸."

"그러니까 이제부터 나도 전력으로 싸우겠어."

"……!"

그 선언에 유리스는 눈을 휘둥그레 떴다.

"훗…. 설마 네가 그런 허풍을 떨 줄이야. 설마 이제까지는 봐주면서 싸웠다고 말하려는 거냐?"

그런 일은 있을 수 없다.

오펠리아는 어떤 상대든 절대 방심하지 않고 시작부터 진지하게 쓰러뜨려 왔을 것이다.

"아니. 나는 봐주면서 싸우지는 않아. 단지… 그러고 싶어도 할 수 없었던 거야, 진짜 온 힘을 다 쓰는 건."

그렇게 말하면서, 오펠리아는 오른손에 든 '패궤의 혈검'의 울름=마나다이트를 쓰다듬었다. 고요하고 따뜻한 손놀림이라

일견 애틋해 보이지만 그렇지 않다. 거기에는 역시 비탄과 체념밖에 없다. 그것을 아는지, 잘 보니 '패궤의 혈겸'은 가느다랗게 떨고 있는 듯했다.

그리고.

[키이이이이이이이이이이이이이!]

느닷없이 고통으로 가득 찬 절규가 스테이지에 울려 퍼졌다.

오펠리아의 손에서 방대한 장기가 '패궤의 혈겸'의 코어로 흘러 들어가는 것을 알 수 있었다. 아마 인간이었다면 순식간에 죽어버릴 양의 독을 주입하고 있다.

울름＝마나다이트가 반광란 상태에 빠져 스테이지를 번쩍거리는 보라색으로 물든다. 단말마의 절규는 잠시 계속되다가 이윽고 코어의 빛과 함께 서서히 약해지더니 결국 사라져 '패궤의 혈겸'은 완전히 기능을 정지했다.

그리고 오펠리아가 아무렇게나 내던지자, '패궤의 혈겸'은 메마른 소리를 내면서 스테이지에 나뒹굴었다.

[어…? 어? 어어?! 무, 무슨 일일까요! 란드루펜 선수, 자신이 쓰던 '패궤의 혈겸'을 자기 손으로 파괴한 건가요…?!]

"…무슨 생각이냐, 오펠리아?"

유리스가 노려보면서 묻자, 오펠리아는 가만히 그 시선을 마주 보며 대답했다.

"너도 알잖아? 내 장기는 너무 강해서 자신의 몸까지 침식한다는 걸. 그래서 디르크 에벨바인이 진행을 조금이라도 늦추기 위한 방법으로 투약을 지시해 왔어."

"그래, 그건 살 알아."

"하지만 계획을 완전히 실행하기 위해서는 내 온전한 힘이 필요해지거든. 투약으로 억누른 상태에서도 실행할 수 있지만, 그럴 경우에 애스터리스크 구석구석까지 내 장기를 보내는 건 어려워. 꽤 많은 인간이 살아남겠지. 그래서 투약은 오래전부터 중지하고 있었어."

마치 남의 일인 양 오펠리아가 담담히 말했다.

"그런데 만약 계획 실행 전에 내가 망가진다면 본전도 찾을 수 없잖아? 그렇다면 어떻게 해야 할까…."

"큭!"

거기까지 듣고서야 유리스는 이해했다.

"이제 알겠어…. '패궤의 혈겸'은 리미터였구나."

어째서 그만큼 압도적인 힘을 가진 오펠리아가 굳이 '패궤의 혈겸'이라는 새로운 힘을 손에 넣을 필요가 있었는가. 그게 아니었다. 무기로서의 순성황식무장 따위는 단순한 덤이었다. 처음부터 필요했던 것은 일부러 독성이 강한 피를 '패궤의 혈겸'이 빨게 해서 자신의 힘을 약하게 조정하는 효과.

"……."

오펠리아는 고개만 간단히 끄덕여 긍정했다.

"힐다 제인 로우랜즈는 나와 '패궤의 혈겸'의 조합을 최악이라고 평가했지만 그 반대야. 내 전력을 원하는 타이밍에 발휘하기 위한 조정 밸브로서는 저 아이만큼 좋은 게 없었어."

그렇게 말하는 도중에도 오펠리아의 몸에서 발산되는 방대한 성진력이 만응소를 변환해 주위에 장기를 만들어냈다.

"이건⋯!"

유리스의 머릿속에선 이미 위험을 알리는 경보가 최대 음량으로 울리고 있었다.

본능적으로 뒤로 크게 뛰어 거리를 두었다.

[어⋯? 뭐지, 이거⋯? 오펠리아 란드루펜의 힘이 계속해서 강해지고 있잖아⋯? 아니, 하지만 이 힘은 역시 이미⋯ 사람이 다룰 수 있는 수준이⋯.]

자하룰라의 곤혹스러운 목소리.

거기에 더해.

[어?! 저, 아, 네, 네네⋯! 으음, 죄송합니다, 정말 죄송합니다! 결승전 도중이지만 긴급 뉴스입니다! 현재 애스터리스크 전역에서 대규모 테러가 발생했다고 합니다! 릿카 시청 및 성렵경비대 본부로부터 주민들과 방문객들에게 건물 내부로 대피하라는 명령이 발령되었습니다!]

"테러라고⋯?!"

그 터무니없는 소식에 유리스는 저도 모르게 주위를 둘러보았다.

이제까지 열광으로 들끓던 관객들 사이에서 넋이 나간 듯한 짧은 공백이 흐르더니 불안과 혼란으로 덧칠된 웅성거림이 퍼지기 시작했다.

관객석 여기저기에서 휴대단말기의 공간 윈도가 열리고 곧 그 수는 연쇄적으로 증가했다. 아마도 화면에선 회장 밖의 참상이 펼쳐지고 있으리라.

피해가 어느 정도인지는 알 방법도 없지만, 대피명령은 릿카시청과 성렵경비대가 발령하는 최고의 조치다. 상당한 참사라는 건 쉽게 상상할 수 있다.

[어, 으음, 여러분! 현재로서는 건물 안에 있는 것이 가장 안전하다고 하니, 이곳 시리우스돔에 계신 입장객 분들께서는 침착하게….]

곤란하다.

패닉 사태가 벌어질 것 같다.

아무리 시리우스돔 내부가 안전하다 해도, 이렇게나 많은 사람이 한군데에 모여 있다면 의견이 다른 사람, 부정적인 태도를 가진 사람이 일정 비율로 있기 마련이다. 일단 그런 사람들이 혼란을 유발하면 순식간에 전파되어 증폭될 것이다.

십만 명 이상이 모여 있는 이 회장에서 만약 대규모 패닉 현상이 일어난다면 희생자가 얼마나 나올지….

"…먼지가 되어라."

하지만 그 찰나, 회장은 한순간에 쥐죽은 듯 고요해졌다.

오펠리아가 만들어낸 장기의 팔. 그것이 지금까지와 비교도 되지 않는 공포스러운 크기로 자라났다. 그 광경에 회장에 있는 모두가 시선을 빼앗겼다. 압도적인 힘의 덩어리에.

거부권을 주지 않고 인간의 시선과 마음을 사로잡는 절대적으로 흉악한 폭력.

게다가 그것은 하나가 아니었다.

몇 초에 하나씩 수를 늘려, 지금은 다섯, 여섯….

[하… 하하하… 하하하하하하! 대단해! 정말, 정말정말 대단해! 오펠리아… 란드루펜! '고독의 마녀'…! 설마, 설마 이 정도일 줄이야!]

그때 자하룰라의 희열로 가득 찬 웃음소리가 울려 퍼졌다.

[자, 자하룰라 씨…?]

[야나세 미코, 조금 전 전달사항에 결승전에 관한 언급은 없었지?]

[네? 아아, 네, 그건 딱히….]

[그럼 당연히 시합은 속행이겠네. 그렇다면 상관없어. 테러인지 뭔지 모르겠지만, 내 알 바 아냐. 그보다 지금은 눈앞의

76

시합을 1초도 놓치고 싶지 않아!]

그렇게 단언하는 자하룰라의 태도에 미코는 말문이 막혔는지 아무 말도 하지 못했다.

[관객들도 똑똑히 들도록. 도망치고 싶은 놈들은 그렇게 해. 하지만 당신들은 뭘 하러 여기에 왔지? 최강을 정하는 '왕룡성무제'의, '성무제' 사상 최고라는 이번 대회의 결승전을 보러 온 거잖아? 그렇다면 그 흐리멍덩한 눈을 크게 뜨고서 잘 보란 말이야. 지금 눈앞에 있는 기적은 시시한 삶을 사는 당신들이 평생 다시 볼 수 없는 거니까. 적어도 나는 비가 쏟아지든 화살이 쏟아지든, 만에 하나 이 시리우스돔이 날아가더라도 여기에서 한 발짝도 움직이지 않겠어!]

솔직히 정신 나간 소리였다.

하지만 뜨거움은 확실히 진짜였다.

그렇기에 그 뜨거움은 잔물결이 퍼지듯 관객들에게 전해지고, 불안과 곤혹감을 덮어씌우더니 아까보다 더 큰 열광이 되어 소용돌이를 일으켰다.

작은 웅성거림이 불규칙한 환호성이 되고.

여기저기서 들리기 시작한 환호성이 메아리쳐 거대한 함성으로 변하고.

그 함성은 노호, 절규, 고함과 함께 시리우스돔을 집어삼켰다.

"참 나, 제정신이 아닌 건 관객들도 마찬가지인가…."

이렇게 되면 유리스로서는 쓴웃음밖에 나지 않는다.

"…가도록 해."

환성에 떠밀린 것은 아니겠지만, 오펠리아가 그 오른팔을 가만히 휘둘렀다.

지옥의 악마에게도 이렇게까지 불길한 것은 달려 있지 않을 듯한 팔이 유리스를 노리고 날아왔다.

"피어올라라, 탄룡의 교염화!"

유리스는 불꽃의 용을 보내고 황식원격유도무장으로 부스트를 걸어 맞섰다.

꽃가루 조연재의 효과까지 있으니 위력은 평소의 10배에 가까울 것이다.

하지만 그 일격은 장기의 팔 하나만 막았을 뿐, 두 개째, 세 개째의 팔이 유리스를 짓밟으려고 덤벼들었다.

"아?!"

그 속도도 아까보다 압도적으로 빠르다.

'이건…. 아무리 그래도 너무…! 도망칠 수 없어…!'

극락추조의 휘익을 써서 미끄러지듯이 스테이지를 달리지만, 가속 보조능력을 써도 간단히 따라잡히고 만다. 급가속과 급감속, 급선회를 연발하며 어떻게든 도망치려 했지만 그래도 아주 짧은 시간을 번 게 고작이었다.

순식간에 스테이지 구석까지 몰려 이미 어디로도 도망칠 곳은 없다.

그리고 뜸을 들이거나 주저하지도 않고, 쓰나미처럼 장기의 팔이 몇 개나 모여서 유리스를 덮쳤다.

[아앗! 리스펠트 선수, 이제 방법이 없습니다! 드디어 승부가 난 걸까요~!]

[…아니, 아직이야!]

기대를 숨길 마음조차 없는 자하룰라의 목소리.

…어쩔 수 없나.

유리스는 인정하고 눈을 감았다.

아무래도 유리스가 할 수 있는 건 여기까지인가 보다. 조금만 더…. 할 수만 있다면 앞으로 5분 정도는 시간을 벌어주고 싶었지만, 이대로는 맥없이 당해버린다. 그러면 의미가 없다.

그러니… 정말 미안하지만, 여기부터는 유리스 자신의 싸움이다.

"꽃피어라… 월화미인."

다음 순간, 유리스가 눈을 뜨자마자 육판의 폭염화가 엄청난 크기로 연속 발사되어 장기의 팔을 전부 불태웠다.

장밋빛 머리카락이 푸르스름하게 변하고, 유리스의 육체 자체가 타오르듯 불꽃에 휘감겨 있었다.

[나, 나왔다아! 아마기리 선수를 압도했던 그 기술입니다앗!]

관객석에서 노도와 같은 환성이 울려 퍼졌다.

…하여간 정도를 모르는 멍청이들이다.

밖에서는 대규모 테러가 발생하고 자신들도 안전을 위협받는 상황인데, 이렇게까지 여전히 학생들끼리 치고받는 모습을 보고 싶다는 건가. 비열하고, 추악하고, 천박한 관객 놈들아.

하지만 마음속으로 그렇게 욕을 하면서도 유리스는 작게 웃었다.

아아, 그래. 마음껏 그 눈에 새겨 둬라.

이게 바로 유리스=알렉시아 폰 리스펠트와 오펠리아 란드루펜의 싸움이다.

우리의 마지막 싸움이란 말이다.

*

"갔어, 레오!"

"맡겨줘!"

'검은 방패' 케빈 홀스트가 실드 배시로 밀어낸 의형체를 '왕의 창' 라이오넬 카쉬의 파르티잔이 양단했다.

그 완벽한 연계는 일선에서 물러난 지금도 전혀 쇠퇴하지 않앗다.

"역시 둘 다 훌륭하군."

어니스트 페어클럽은 예전의 팀메이트들을 흘끔 보면서 자신도 눈앞의 의형체 둘을 연속으로 베어 쓰러뜨렸다.

상업 지구, 거대한 공간 스크린이 설치된 대형 쇼핑몰의 입구 앞 광장.

얼마 전까지 수많은 사람이 결승전을 지켜보고 있었지만 지금은 다들 건물 안으로 피신했다. 남은 건 오랜만에 만난 예전 은익기사단 세 명과 어디선가 나타난 무수한 의형체들뿐이었다.

"뭐, 그나저나 좀 늦었지만…! 이거 섣불리 손대지 않는 편이 좋지 않았을까~?"

"그렇다고 이 녀석들을 내버려둘 순 없잖아? 안에는 수많은 사람이 피신해 있다고!"

커다란 방패로 의형체의 공격을 받아내면서 투덜거리는 케빈을 라이오넬이 질책했다.

"하지만 이 녀석들, 우리가 손을 안 대면 공격하지 않는 것 같은데…. 이래서야 끝이 없잖아!"

확실히 케빈의 말대로 이 의형체는 스스로 사람을 공격하지는 않는다. 그보단 안중에도 없는 것 같다. 단지 시설에 들어가려는 의형체의 무리를 어니스트 일행이 막으려 했더니 일제히 공격해온 것이다.

　지금 발령된 강제 대피명령으로 미루어, 애스터리스크 전역에서 비슷한 상황이 일어나고 있을 것이다.

　'그렇다면 이 의형체들의 목적은 인간들의 살상이 아니라 파괴활동…. 항만 블록 쪽에서 연기가 잔뜩 피어오르는 걸 보니, 아마 교통기관이 타깃인가 보군.'

　이 대형 쇼핑몰의 옥상은 비행선 발착장으로도 쓰인다. 그곳을 파괴하는 것이 목적이라면 이대로 의형체들을 보내준다는 방법도 아주 나쁘진 않다.

　하지만 이 시설에는 근처에서 많은 사람들이 피신해 있는 만큼, 의형체들을 내부에 들이는 것만으로 큰 위험이 따른다는 점도 무시할 수 없다.

　"케빈의 주장도 이해가 가지만, 여기선 우리가 더 힘을 내야겠지. 가라드워스의 기사니까 말이야…!"

　어니스트의 찌르기는 도중에 궤도를 바꿔 의형체의 머리를 꿰뚫었다.

　"분하게도 우리끼리 분투하는 건 아무리 노력해도 한계가 있어!"

　라이오넬의 호쾌한 창술이 의형체를 잔뜩 날려버렸지만, 방어장벽이 전개된 탓에 파괴까지는 이르지 못했다.

　실제로도 이 의형체들은 만만한 상대가 아니다. 물론 '봉황성무제'에서 대활약한 아르르칸트의 자율식 의형체 알디와 겉모습이 비슷하다 해도 그만큼 강하진 않다. 하지만 각 학교의 '베이시 원' 클래스가 아니라면 고전할 정도는 되고, 최소한 서열에 진입할 정도의 실력이 없으면 대응조차 힘겨울 것이다.

이 시설의 입구도 당연히 여기만은 아니다. 의형체들이 계속 모여들어 수를 늘리고 있다는 걸 고려하면, 여기서 셋이 분투한다고 해봐야 계란으로 바위 치기다.

경비대의 지원세력이라도 있으면 모르겠지만, 이런 대규모 사건이라면 그쪽도 분명 인력이 부족하리라.

'그럼 어떻게 해야 할까…. 엘리엇에게 연락해서 전력을 지원받는 방법도 있지만 저쪽은 저쪽대로 정신없이 대응하고 있을 테고, 지금 연락을 해봐야….'

그때였다.

"파(破)!"

귀를 찢는 듯한 기합이 음파충격으로 변하더니, 곧바로 어니스트 앞에 있던 의형체가 산산이 부서져 날아갔다.

"여어, 어니스트. 이렇게 얼굴을 보는 건 꽤 오랜만인걸."

거기에 서 있는 사람은 지에롱 교복을 입고 늑대 가면을 쓴 여자였다.

"이거이거, '성천대성'. 정말로 오랜만이야, 네 목소리를 듣는 건."

"우후후~ 싱루한테 허락을 받았거든."

늑대 가면을 벗은 여자의 얼굴에는 무수한 상처가 있었다.

알레마 세이얀. '만유천라' 판싱루에게 자리를 넘겨줄 때까지 지에룽의 서열 1위였던 강자이며, 현재는 지에룽 첩보공작기관 애자의 일원이다.

알레마가 한 손을 들자 그녀와 마찬가지로 늑대 가면을 쓴 십수 명의 인원이 나타나 무릎을 꿇었다.

"3인 1조로 각 출입구를 지켜라. 벽이나 창문을 깨고 들어오는 놈들도 있을 테니 적절한 유인을 잊지 말도록."

그 명령에 늑대 가면을 쓴 사람들은 아무 말 없이, 나타났을 때와 마찬가지로 모습을 감췄다. 단지 재빠르기만 한 게 아니라 은형까지 구사한 은밀기동. 그것은 그들이 첩보공작기관의 에이전트라는 사실을 의미하고 있었다.

"설마 애자에게 도움을 받을 줄이야."

라이오넬이 한숨 돌리면서도 복잡한 표정으로 그렇게 중얼거렸다.

여섯 학교의 특무기관 중에서도 가장 호전적이며 흉악, 광포하다고 일컬어지는 조직이 애자라는 건 학생회에서 일해본 사람이라면 공통적으로 갖는 인식이다. 특무기관은 대부분 통합 기업재체의 의향이 강하게 반영되기 마련이지만 유일하게 학생회장이 자유롭게 부리는 직할조직이라는 입장이 그렇게 만드는 게 분명하다.

"그렇다면 이건 공주의 지시인가?"

"아니. 싱무안네는 마음대로 하라는 소리밖에 안 들었어. 우리의 독단이다."

알레마는 그렇게 말하고 씩 웃었다.

"우리 앞마당에서 멋대로 구는 멍청이들은 혼쭐을 내줘야 하지 않겠냐? 너희를 발견한 건 그냥 우연이니까 도와줄 필요 없다면 다른 쪽으로 가도 상관없는데?"

"아니, 꼭 힘을 빌리고 싶군."

어니스트는 순순히 고개를 숙였다.

이 정도까지 움직임이 자유로운 건 이들이 애자이기 때문이다. 다른 학교도 손을 쓰겠지만 일단 자기 학교의 학생 보호와 상황 파악을 우선시하리라.

"하하! 전력을 다할 수 있다는 건 오랜만이야! 자, 나를 즐겁게 만들어다오!"

알레마는 광폭하게 웃더니 오른손을 앞에 내밀고서 허리를 낮추고 호흡을 조절했다.

움직임은 느린데도 마치 물 흐르듯 부드러워 전혀 빈틈이 없다.

"희(噫)!"

아까보다 더 크게 목소리가 울리더니, 진각으로 바닥을 깨면서 날린 배장이 방어장벽을 관통해 의형체의 머리를 없애버렸다.

그대로 흐르는 물처럼 뻗은 오른손은 탁장으로 변해 다른 의형체의 목을 쳐냈다.

그러면서 덤벼온 의형체의 해머를 왼손으로 걷어내면서, 포장으로 그 머리를 끌어들여 뜯어냈다.

'이런 짧은 순간에 세 대나…! 그것도 장타만으로!'

"휘익~! 대단하네, 누님!"

케빈도 저도 모르게 감탄의 목소리를 낼 만큼 알레마의 움직임은 대단했다.

"아직 제대로 보여주지도 않았거든!"

알레마는 그렇게 말하고는 단신으로 의형체들에게 돌진했다.

'예전보다도 훨씬 강해졌군….'

어니스트가 학생회장이었던 시절에 지성공회의로부터 얻은 정보에 따르면, 예전에 알레마는 싱루에게 패배해 서열 1위에서 내려오면서 '언제든 싱루에게 도전할 수 있는' 권리와 맞바꿔 애자의 일원이 되는 것을 받아들였다고 한다. 그때 싱루는 임무를 수행할 때 발성을 하지 말라고 명령했다는데, 이건 단순히 은밀 행동이 주 활동인 첩보공작기관 에이전트에게 큰 목소리가 필요하지 않다는 점도 있지만, 알레마의 단련도 겸했던 모양이다.

원래 무술에서 발성은 힘을 발휘하기 위한 큰 요소 중 하나다. 특히 일부 중국무술에서는 뇌성이라고 불리는 특수한 발성법이 전해져, 알레마는 그것을 체득하고 있다. 싱루는 일부러 그 목소리를 봉해 알레마의 기초능력 향상을 노린 것이다.

그리고 실제로도 알레마는 어니스트가 알던 때보다도 훨씬 강해졌다.

현재 지에롱에서 목파를 총괄하는 자오후펑을 속도 이외의 모든 면에서 크게 상회하고 있다는 것은 틀림없다. 그야말로 무술의 기량만으로는 그 우샤오페이보다 강하면 강했지 뒤지지 않는 수준이다.

'난처한데…. 이런 걸 보면 또 참을 수 없게 되잖아.'

어니스트는 내면에서 흉포한 짐승이 눈뜨려 하는 것을 느꼈다.

"하하하! 이건 또 뭐야. 등 뒤에서 엄청난 귀기가 느껴진다 싶더니…. 좋아, 어니스트. 좋은 기회니까 한번 붙어볼까?"

일격으로 의형체를 쓰러뜨리면서, 고개만 돌려 이쪽을 보고 알레마가 웃었다.

그 시선과 어니스트의 시선이 부딪혀 위험한 긴장감이 생겨난 찰나.

"……!"

어니스트와 알레마는 온몸의 털이 오싹 곤두서는 것을 느꼈다.

두 사람이 동시에 그쪽을 보니, 어느새 대형 공간 스크린 바로 아래에 소녀가 서 있었다. 아무래도 결승전의 상황을 보고 있었던 듯했다.

"…어, 뭐야. 농담 아니지? 어째서 당신이 여기에 있지, '원리의 마녀'?"

식은땀을 흘리며 알레마가 입에 담은 이름에 어니스트도 긴장했다.

'원리의 마녀' 페브로니아 이그나토비치. 거의 공개적인 자리에 나타난 적이 없는 반쯤 전설이 되어버린 아르르칸트의 서열 1위. 어니스트도 이렇게 직접 보는 건 처음이다.

"…아까부터 조금 시끄러운데?"

알레마의 말에 반응했는지, 페브로니아가 책을 한 손에 들고서 특유의 졸려 보이는 눈을 이쪽으로 향했다.

다음 순간, 시야에 들어오는 범위 안의 모든 의형체는 몸통이 분리될 때까지 비틀려 그대로 폭발했다.

"…헉."

그 자리에 있던 모두가 압도적인 힘에 놀라 할 말을 잃었다.

한편 페브로니아는 아무 일도 없었다는 듯이 다시 시선을 대형 공간 스크린으로 옮겼다.

"아아, 겨우 따라잡았네…! 제발 혼자서 멋대로 가지 마세…. 엉?"

그때 낯익은 얼굴이 숨을 몰아쉬면서 다가왔다.

아르르칸트 학생회장인 사콘 슈마였다.

"이건 또, 별난 멤버들이 모여 계시네요…."

"사콘 회장, 당신이야말로 어째서 이런 곳에?"

슈마에게는 전투능력이 거의 없을 텐데. 지위를 생각해도 위험한 상황에서 이런 구역을 혼자 돌아다녀도 될 만한 사람이 아니다. 이미 학생회장을 은퇴한 어니스트와는 사정이 다르다.

"아, 그건 설명하면 길어지는데요…. 뭐, 간단히 말씀드리면 저희… 저와 페브로니아는 외출 도중에 이 테러에 말려들었습니다. 학교로 돌아가려고 했지만, 호안도시는 의형체가 우글거려서 위험하니까 상업 구역을 거치려고 했거든요. 그런데 페브로니아가 갑자기 이쪽으로 오는 바람에…."

곤란해서 어쩔 줄 모르겠다는 표정으로 슈마가 페브로니아를 보면서 어깨를 축 늘어뜨렸다.

"한심한 이야기지만, 저분의 도움 없이 저 혼자선 학교까지 무사히 도착할 엄두가 안 나거든요."

그런 페브로니아는 뚫어져라 공간 스크린만 바라보고 있다.

"아무래도 결승전에 관심이 많은 모양이군."

"네에…. 대체 무슨 바람이 불었는지. 그다지 '성무제'에는 관심이 없는 분인데 말이죠."

페브로니아의 시선을 따라가듯, 어니스트 일행도 공간 스크린을 바라보았다.

원래 어니스트도 이 시합을 관전하기 위해 케빈, 라이오넬과 함께 여기에 온 것이다. 엘리엇에게 부탁하면 특별관전실 자리나 입장권 정도는 준비해주겠지만, 이미 학생회를 떠났으니 그런 특별대접은 불편하다. 그리고 무엇보다 지금은 인파 속에서 편하게 시합을 보는 편이 더 즐겁다. 뭐, 결국 그럴 상황이 아니게 되어버렸지만.

"이런 말은 좀 그렇지만, '화염의 마녀'도 제법이네~ 솔직히 좀 더 일찍 결판이 날 거로 예상했는데."

"아니, '화염의 마녀'는 이미 우리와 싸웠을 때와 차원이 다를 정도로 강해졌어. 이 승부는 의외로 예상하기 힘들다고."

케빈과 라이오넬도 드디어 여유가 생겼는지 잠시 휴식하는 분위기다.

하지만 언제 새로운 의형체들이 나타날지 알 수 없다. 아직 방심은 금물일 것이다.

"'마녀'끼리 정상 결전이라…. 그렇다면 당신은 어때, '원리의 마녀'?"

그때 갑자기 알레마가 가벼운 말투로 페브로니아에게 물었다.

"당신이라면 저 둘을 이길 수 있어?"

"……. '화염의 마녀'하고는 해봐야 알겠는데? 하지만 '고독의 마녀'가 상대라면 조금 무리일지도?"

"호오."

페브로니아가 순순히 대답해서인지, 아니면 대답의 내용 때문인지, 알레마는 의외라는 듯이 눈을 크게 떴다.

"나는 싸우기 위한 단련 같은 건 안 하니까 '고독의 마녀'랑 싸우면 능력 승부가 되려나? 그렇다면 출력의 차이로 이길 방법이 없겠네?"

"자, 잠깐만요, 페브로니아! 일부러 자신의 약점을 다른 학교의, 게다가 특무기관의 에이전트한테 알려주면 어떡해요!"

"읍읍~"

허둥대며 슈마가 페브로니아의 입을 막았다.

확실히 페브로니아는 무술이나 무도를 익힌 것처럼 보이진 않는다. 지성공회의의 정보로는 물리법칙을 바꿔 쓴다는 터무니없는 능력을 갖추고 있는데, 반드시 책을 촉매로써 펼쳐둬야 한다고 한다. 그렇다면 그 부분에도 파고들 빈틈이 있으리라.

"하, 하지만 놀랐네요…! 페브로니아가 이기지 못한다고 인정한 상대는 이제까지 두 명밖에 없었는데요. 역시 '고독의 마녀'라고 해야 할까요."

노골적으로 화제를 전환하려는 듯이 슈마가 말했다.

"호오, 그건 누구였는데?"

어니스트가 일부러 그 화제에 편승하자, 슈마는 안심한 듯한 표정을 지었다.

"뭐, 한 명은 말할 필요도 없이 지에롱의 그분이죠. 하지만 또 한 명이 의외였는데요."

슈마가 말한 사람은 실제로 어니스트로서도 예상하지 못한 이름이었다.

"'성무제' 운영위원장…. 아, 지금은 이미 전 위원장인가요. 바로 마디아스 메사 씨예요."

*

"…이거야 원, 꽤 질기게 버티는군. 설마 다섯 번이나 견뎌낼 줄이야."

"헉… 헉… 헉…!"

어이없다는 듯이 말하는 마디아스에게 아야토는 대답 대신 거친 숨소리만 내고 있었다.

'적하의 마검'의 파편을 사용한 포위 공격.

'와자오기'를 써서 머리나 급소, 몸을 움직이는 데에 반드시 필요한 팔다리의 중요 부위는 가까스로 지키고 있지만, 반대로 말하면 그 이외의 부위는 상처투성이다.

아픔을 느끼는 감각은 어차피 마비되었지만 이 정도 출혈은 곤란하다. 조금 더 지나면 아야토는 움직이지 못하게 될 것이다.

그 전에 어떻게든….

"자, 그럼 여섯 번째."

다시 심홍색으로 빛나는 파편이 정연하게 아야토를 포위하기 시작했다.

처음에는 먼 거리를 유지한 채 에워싸고 거기서부터 포위망을 좁혀오기 때문에, 아야토가 어떻게 움직이든 포위망이 따라서 이동하는 탓에 도저히 빠져나올 수가 없다.

"이제 그만 뒈져주면 고맙겠는데."

온화한, 그러면서도 감정이 없는 마디아스의 목소리와 함께 파편이 일제히 날아왔다.

거의 단순 작업처럼 반복되는 그것을, 아야토는 '흑로의 마검'을 휘둘러 필사적으로 상대했다.

날로 쳐내기도 하고, 몸을 비틀어 피하기도 하고, 피를 뿌리며 춤추듯이 폭풍을 견딘다.

그런 상황 속에서도 아야토는 가만히 마디아스를 관찰하고 있었다.

반사적으로 몸을 제어해 방어 행동을 수행하는 '와자오기'이기에 가능한 일이다.

"이거야 원. 정말 쓸데없는 짓을 하는군. 그래 봐야 괴로움이 더 길어지기만 할 뿐인데."

한숨을 내쉬는 마디아스가 과연 그런 아야토의 시선을 깨달았을지.

물론 마디아스는 자만하지 않는다. 압도적으로 우위인 상황이지만, 그런 이유로 방심할 상대였다면 이렇게 고생할 일도 없었으리라.

이렇게 아야토를 일방적으로 농락하는 와중에도 긴장과 경계를 늦추지 않으면서, 예상치 못한 사태에 대비하고 있다는 것을 알 수 있다. 무엇보다 마디아스는 '적하의 마검'의 파편 전부를 포위 공격에 쓰고 있지 않았다. 주위에 여전히 붉은 빛이 떠다니고 있으니, 어떤 공격을 해도 자동방어로 마디아스를 지킬 것이다.

그러므로 아야토는 확실한 타이밍을 잴 필요가 있다.

이제까지 있었던 다섯 번의 포위 공격에선 오지 않았던, 그 기회를.

이것이 마디아스가 상대가 아니었다면⋯ 무형무박자를 상대로 하는 게 아니었다면 아야토는 좀 더 빠르게 그 기회를 잡았을 것이다.

무형무박자에 어느 정도 대응할 수 있게 되었다고 해서 공략법을 알았다는 뜻은 아니니까. 그보다는 공략할 수 있는 종류의 기술이 아니라고 말하는 편이 맞으리라.

그렇기에 아야토는 시간을 들여 찾는 방법밖에 없었다.

마디아스의 호흡을, 시선을, 일거수일투족을.

…그리고 드디어 그때가 왔다.

"호오? 리스펠트 군이 그 기술을 썼나. 그렇다면 이제 곧 저쪽은 끝이…."

그 찰나, 아야토는 빠르게 질주해 둘 사이의 거리를 파고들었다.

보라색 번개가 되어 일직선으로.

"아마기리 신명류 검술 오전 제삼, '우와바미'."

그러자 마디아스의 가슴에서 피가 뿜어져 나오고, 왼팔이 팔꿈치에서 잘려 땅으로 떨어졌다.

"아니…?"

처음으로 마디아스의 표정에 경악이 스쳤다.

동시에 아야토도 그 자리에 그대로 쓰러졌다.

어떻게든 손을 짚고서 버티고는 있지만, 조금이라도 긴장을 풀면 이대로 의식을 잃을 것 같다. 이를 악물고서 마디아스에게서 거리를 두고, 기둥의 잔해에 등을 기댄 채 '흑로의 마검'을 들었다.

아무튼 억지로 파편의 포위 공격을 돌파했으니, 당연히 파편이 몸 여기저기를 관통하고 급소도 몇 군데 스쳤다.

"…이거 참, 대단하군."

파편을 대검의 상태로 되돌리면서 마디아스가 아야토를 노려보았다. 그 파편 몇 개가 끈처럼 연결되어 왼팔에 감겨 지혈을 하고 있었다. 정말 보면 볼수록 편리한 무기다.

"아직 극전이란 게 더 남아 있었을 줄은 몰랐어. 그런데 대체 이건 어떤 트릭이지? 설마 내가 **공격에 전혀 반응하지 못할** 줄이야."

"…글쎄, 모르겠네."

아야토는 얼버무리듯 그렇게 말하며 웃었다.

아마기리 신명류의 극전은 3개가 있다. 그중 '츠고모리'가 완전한 후의 선을 이루는 기술이고 '와자오기'가 완전한 호신을 이루는 기술이라면, '우와바미'는 완전한 '선'을 잡는 기술이다.

무술이나 무도에서 선의 선, 후의 선은 유파에 따라 정의가 다소 다르지만, 아마기리 신명류의 '선'이란 단순히 상대보다 먼저 공격하는 게 아니라 상대의 의식보다도 앞서서 공격한다는 것을 의미한다.

즉, 절대로 회피할 수 없는 일격이다.

하지만 기습이라면 몰라도 일단 싸움이 시작된 후에는 터무니없이 난이도가 높은 기술이라는 건 당연하다. 그야 싸우는 도중에 의식을 다른 곳으로 돌린다는 건 있을 수 없는 일이니까.

그래도 인간은 기계가 아니다. 어떤 재능의 소유자라도 육체와 의식을 세부까지 완벽하게 컨트롤할 수는 없다. 자는 동안에도 심장이 계속해서 움직이듯 인체는 의식만으로 제어되는 존재가 아니고, 감지한 정보를 전부 의식적으로 처리하지도 않는다.

아무리 경계하고 대비해도 흔들림은 필연적으로 존재한다. 예를 들어 눈을 깜빡이는 순간, 등 뒤에서 무너지려 하는 기둥의 파편 떨어지는 낌새, 이렇게 인간이 제어하지 못하는 범주에 있는 사소한 요소들.

물론 그것 하나로 '선'을 잡을 수는 없다. 하지만 그런 작은 요소들이 겹쳐지면 본인조차 의식하지 않는… 의식할 수 없는 빈틈이 생겨난다.

원래 천 분의 일 초도 되지 않는 찰나인 만큼 본인조차 감지할 수 없는 그 흔들림을 타인이 읽어내기도 힘들거니와 설령 그 빈틈을 감지하더라도 공격하려 할 땐 이미 사라진다. 노리고서 공략할 수 있는 빈틈은 아니다.

…'식'의 경지 이외에는.

아마기리 신명류의 지각확충기술인 '식'의 경지를 최대한으로 확충, 심화시켜 아주 짧게 부각된 대상의 흔들림을 읽어내, 주위의 상황 전부를 파악해 그것들이 겹쳐지는 순간을 예측한다.

그리고 나서야 비로소 가능한 일격이 바로 '우와바미'다.

의식조차 할 수 없는 공격이기 때문에, 회피는 물론이고 '적하의 마검'의 자동방어도 제때 작동하지 않는다.

분명 그래야 하는데.

'지금의 일격…. 조금 얕게 들어갔어. 아마 끝이 닿은 순간에 반사적으로 몸을 비틀어서 피한 거야…!'

이미 인간의 반응속도가 아니다.

이것도 성진력이 변질된 탓일까.

"뭐, 이 계획을 달성시키는 데에 팔 하나 정도는 싼 내가지. 어차피 치유능력자에게 이어붙여 달라고 하면 그만이야. 그래, 자네를 죽인 후에."

마디아스는 얼굴을 가볍게 찡그리고 있었지만, 표정에선 조금 전의 경악이 이미 사라진 상태였다.

"이런 한계상황까지 쓰지 않고 버텼다는 건, 지금의 극전이 그렇게 쉽게 연발할 수는 없는 기술이라는 뜻이겠지?"

"……."

그건 정곡이다.

'우와바미'는 조건이 갖춰지기까지 상당한 시간이 필요하고, 그저 시간을 들인다고 쓸 수 있는 것도 아니다. 아야토의 체력을 생각하면 한 번 더 쓰기는 힘들 것이다.

"하하하, 아무래도 정답인 모양이군. 게다가 지금의 일격으로 나는 자네의 새로운 약점을 발견하고 말았어."

"약점…?"

호흡을 고르면서, 마디아스의 말에 미간을 찌푸린다.

"…자네는 일이 이렇게 되었는데도 아직 나를 죽이려고 하지 않는군."

"……!"

"살기를 숨기는 건 검술가의 수련으로 어떻게 가능할지도 모르지만, 만약 죽일 생각이었다면 지금의 일격은 조금 더 상처가 깊어졌을 거야. 치명상까진 아니라고 해도 말이지."

"그건…."

확실히 그 말도 정곡이었다.

누나 하루카와 관련된 일도 있기에 아야토가 마디아스를 미워하지 않는다면 거짓말이겠지만, 지금도 여전히 그의 목숨을 빼앗고 싶지는 않다.

"어리석군. 너무나 어리석어. 그래야 할 의무는 없지만, 이 시시한 도시에서 싸워 살아남은 선배로서 한 가지 충고해주지. 자네는 능숙하게 귀기를 제어하고 있지만 그것만으로는 나에게 미치지 못해. 귀기를 더 키우게. 필요하다면 내면에 있는 분노를, 증오를, 그리고 살의를 해방하는 거야. 죽일 생각으로 덤비지 않는다면 나를 이길 수 없다."

귀기란 부정적인 감정이다. 상대를 공포에 질리게 하는 어두운 기백이다.

누구에게나 마음속에 가지고 있고, 투쟁할 때는 분명 그것이 힘이 될 수도 있다.

하지만….

"…거절하겠어."

아야토는 조용히 그렇게 내뱉었다.

"호오? 그 이유는?"

"미안하지만, 당신과 똑같이 되고 싶지는 않아."

"훗, 말은 잘하는군…!"

마디아스가 '적하의 마검'을 휘두르자 세세한 조각들이 가늘고 길게 연결되었다. '사검 오로로문트'와 비슷한 형태, 채찍같은 사복검이다. 그것들이 다섯 자루가 되어 공작의 날개처럼 펼쳐지더니 각자 다른 의사를 가지고 있다는 듯이 공격하기 시작했다.

머리 위를 날거나 지면을 파내며 다가오는 칼날을, 아야토는 스테이지를 달리고, 뛰어넘고, 혹은 '흑로의 마검'으로 베어내면서 상대했다. 발에 힘을 주고 버틸 때마다 상처에서 피가 뿜어져 나오고, 몸에서 힘이 조금씩 사라져 가는 것이 느껴졌다. 하지만 걸음을 멈추면 거기서 끝이다.

진홍색 사복검은 지면이든 기둥이든 상관하지 않고 꿈틀거리는 움직임으로 전부 관통하며 따라붙었다. 숨 쉴 틈조차 없는 공격이었지만, 아야토는 회피에 집중하면서도 그 움직임의 핵심을 지켜보고 있었다.

잘 보니 연결된 칼날의 끝부분만은 파편이 훨씬 크다. 작은 파편은 컨트롤하기 힘들어서, 맨 앞에 달아놓은 파편만은 제어할 수 있는 크기로 만들어 그것이 나머지를 견인하며 세세한 움직임을 만들어내는 구조인 듯했다.

…그렇다면.

아야토는 두 자루의 사복검을 넘어, 느닷없이 마디아스를 향해 뛰었다.

"음?"

당연히 마디아스는 '적하의 마검'을 들어 맞서려 하고, 나머지 세 자루의 사복검도 배후에서 아야토를 노리고 날아왔다. 완전히 사이에 끼인 모양새다.

하지만 아야토는 마디아스와 얽히기 직전에 급브레이크로 몸을 회전시키면서 사복검의 선두에 있는 파편만 한 방에 모아서 날려버렸다.

정확한 제어가 불가능해진 사복검은 그대로 마디아스를 향해 돌진…. 물론 그렇다고 그대로 마디아스를 꿰뚫을 만큼 일이 쉽게 풀리진 않는다. 그 직전에 움직임을 멈췄다.

하지만 '적하의 마검'을 컨트롤하는 데에만 신경을 쓰면, 아무리 마디아스라 해도 빈틈이 생긴다.

"하압!"

"쳇…!"

하지만 천재일우의 기회에 휘두른 일격은 허무하게 허공을 갈랐을 뿐이다.

그런 상황에서도 마디아스는 아야토의 검을 피한 것이다.

"위험하군, 위험해…. 자네의 대응능력은 결코 얕볼 수가 없다니까."

그렇게 말하는 마디아스의 목소리가 조금 낮아졌다.

"이 이상 잔재주나 부리며 놀다가 발목을 잡히면 큰일이지. 슬슬 때가 되었으니 제대로 끝을 내볼까."

마디아스에게서 귀기가 부풀어 오르며 몸속에 가득 찬 성진력이 넘쳐흐르는 듯한 빛을 발했다. 눈앞에 있는 것을 전부 유린하고, 짓밟고, 씹어 삼키려는 흉악한 의사.

아야토는 거기에 삼켜지지 않으려 '흑로의 마검'을 정안세로 들었다.

정면승부는 아야토도 바라는 바다. 어느 쪽이든 아야토에게는 이미 남은 시간이 없다.

"…와라!"

그 말이 신호라도 된 것처럼, 아야토와 마디아스가 동시에 움직였다.

간격을 가늠하기 힘든 보법에서 이어지는 내려베기를 '흑로의 마검'으로 받아낸다.

속도는 여전히 엄청나게 빨랐지만, 왼팔을 잃은 영향인지 힘 자체는 다소 약해졌다.

아야토는 자세를 바꿔 발밑을 노렸지만, 순식간에 형성된 칼날이 그것을 다시 튕겨낸다.

자동방어는 여전히 건재한 듯했다.

그렇게 '흑로의 마검'이 튕겨나간 타이밍에, 갑자기 등 뒤에서 참격이 날아왔다.

"……?!"

'식'의 경지 덕분에 피하긴 했지만, 조금이라도 늦었다면 몸이 두 동강 났을 것이다.

눈을 돌려 확인하니 붉은색 전투용 도끼가 춤추듯 떠 있었다.

아니, 그것 하나가 아니다.

도끼의 공격에 이어 심홍색 십자창이 아야토의 목을 찌르려 들고, 그 공격에 맞춰 마디아스 본인이 들고 있던 '적하의 마검'이 허벅지를 베었다.

"크…윽…!"

'황식원격유도무장…?! 아냐, 이건…!'

어느새 마디아스가 휘두르는 '적하의 마검'은 아야토의 '흑로

의 마검'과 비슷한 크기로 변해 있었다. 거대한 대검에서 일본
도와 비슷한 곡선형으로.

즉, 나머지 파편을 써서 도끼와 십자창을 형성한 것이다.

"팔이 하나 없어졌으니 대신할 수단이 필요하잖나? 뭐, 비장
의 수라고 할 수 있지."

별거 아니라는 듯이 마디아스가 웃지만, 그것이 얼마나 큰
위협인지는 지금의 짧은 공방만으로 싫어도 이해할 수밖에 없
었다.

이렇게 큰 파편이라면 자기 손으로 휘두르는 것과 같은 감각
으로 제어할 수 있으리라. 그렇다면 간격도 공격 방법도 다른
세 종류의 무기를, 아야토를 포위한 채 자유자재로 조종하는
것과 마찬가지다. 게다가 역시 싸움의 천재라서인지 마디아스
는 도끼든 창이든 다루는 실력이 전부 초일류였다.

아야토도 아마기리 신명류의 수련자로서 무예 전반을 고르
게 익혔지만, 무형무박자를 체현한 마디아스보다는 한참 뒤떨
어질 것이다.

그것으로도 모자라 마디아스에게는 자동방어도 있다.

그야말로 공방 양면에서 마디아스는 아야토를 능가하고 있
었다.

"그럼, 조금은 다시 생각하게 되었나? 나를 죽이지 않고 이
상황을 해결할 수 있겠어? 자, 어서 거리낌 없이 그 귀기를 해

방하게…!"

완전히 방어에만 몰린 아야토에게 맹공을 퍼부으면서, 다시금 마디아스가 물었다.

"…거절한다!"

도끼의 공격이 어찌나 묵직한지, 아야토는 혀를 내둘렀다.

황식원격유도무장과는 출력이 다르다. 로돌포 조포가 쓰던 대형 황식원격유도무장도 파워가 상당했지만, 속도도 정확성도 비교가 되지 않는 수준이다.

"무르군! 물러터졌어! 자네는 딱할 정도로 부자유해! 육체는 아마기리 신명류라는 형식에 속박되고, 정신은 시시한 인륜에 예속되어 옴짝달싹하지 못하는군!"

아야토가 그런 유혹을 부정하는 이유는 딱히 윤리관 때문만은 아니다.

마디아스 메사라는 존재에게 이기려면 같은 링에 올라서는 안 된다고 생각하기 때문이다. 직감이긴 해도 그건 알 수 있다.

물론 아야토는 사람을 죽인 적이 없다. 생각만이라도 한 경험을 포함한다면 유리스를 대신해 오펠리아를 죽이겠다는 각오를 했을 때가 유일하겠지만, 지금은 그게 얼마나 가볍고 얄팍하고 어리석은 것인지 잘 안다.

마디아스는 이 도시를… 애스터리스크를 부정하는 존재다. 그렇다면 그와 대치하는 자신은 적어도 그 틀에서는 벗어나 있어야 한다는 것이 아야토의 다짐이다. '성무제'의 룰인 성무헌장에서 의도적인 살인은 허락되지 않는다.

아야토도 이 애스터리스크의 존재를 무조건 긍정하지는 않는다. 오히려 어느 쪽이냐고 묻는다면 비판적이라고 할 수 있다. 하지만 이 도시에서만 가능한 일이 분명히 있고, 이 도시가 있었기에 지금의 아야토가 있다는 사실 또한 확실했다.

애스터리스크가 정해놓은 틀 밖으로 나간 자가 억지로 그것을 무너뜨리려 하는 것은 옳지 않다.

그렇기에 아야토는 살의로 마디아스와 맞서려 하지 않는 것이다.

"그렇다면…! 당신은 어때? 스스로 자유롭다고 말할 수 있나?"

타이밍을 살짝 어긋나게 한, 그러면서도 빈틈이 없는 검과 도끼와 창의 3연격을 아슬아슬하게 받아냈다.

"그래, 적어도 자네보다는!"

실제로 마디아스의 싸움법은 무엇에도 얽매이지 않는 것처럼 보인다. 무형무박자란 그런 것이다. 무예를 연마하는 자라면 누구나 목표로 삼고 동경하는 천의무봉의 검.

하지만….

그때 문득 아야토의 마음에 의문이 생겼다.

"…당신의 목적은 가속이라고 했지?"

그렇게 묻자 마디아스의 눈썹이 꿈틀거리며 움직였다.

"그래! 나는 시간의 흐름을 가속시킨다! 이 시대를 흘려보내기 위해서!"

이제까지보다 더 강해진 '적하의 마검'의 참격에, 아야토는 몸이 그대로 날아가 버렸다.

피를 너무 많이 흘려서인지 몸이 휘청거려 쓰러질 뻔했지만, 이를 악물고 어떻게든 견뎌냈다.

서로 간격을 의식하면서, 조식.

그때 마치 잡담이라도 나누듯 마디아스가 입을 열었다.

"불우한 삶을 산 인간이나 비극으로 끝난 인간에 대해서 흔히 이렇게 말하지 않나? '시대가 문제다'라든가 '너무 일찍 태어났다' 같은 소리 말이야. 그런 말을 들을 때마다 나는 이렇게 생각하거든."

마디아스는 거기서 고개를 숙이고는 크고 긴 한숨을 내뱉었다.

"…웃기고 있네."

그렇게 내뱉은 짧은 말에, 아야토는 저도 모르게 몸을 움츠렸다.

터무니없는 증오와 바닥을 헤아릴 수 없는 분노가 담겨 있었기 때문이다.

"시대라고? 그런 막연한, 진부하고 무미건조한 단어로 얼버무리지 말란 말이다!"

마디아스의 분노에 찬 목소리에 얼어붙은 듯했던 지하의 공기가 파르르 떨렸다.

"확실히 아카리가 조금만 더 빨리 태어났더라면 그녀는 그렇게까지 고민할 필요가 없었을 거야. 그럴 여지조차 없었으니까. '성맥세대'가 처음 태어났을 때쯤에는 차별입네 뭐네 하는 의식조차 없었거든. '성맥세대'는 소수에 불과했고, 완전히 관리당하는 존재였지. 반대로 그녀가 조금만 더 늦게 태어났더라면, 좀 더 자유롭게 살 수 있었을 거야. 그렇게 머지않은 미래에, 평범한 인간들이 '성맥세대'를 대하는 방법을 근본적으로 수정할 필요가 생기게 되었을 테니."

그것은 아야토를 향한 말이라기보다는 독백에 가까웠다.

"아카리는 딱 그 사이에서, 낮도 밤도 아닌 어렴풋한 새벽녘에 태어난 탓에 그렇게까지 괴로워해야 했어. 지금도 그녀의 쓴웃음이 눈에 선하군. 웃는 것도 아니고 우는 것도 아니었지. 바로 그 표정이 야치구사 아카리가 처했던 경우의 상징이다. 그리고 이 애스터리스크의 전부이기도 하고 말이야. 하여간 구역질이 나."

"…그래서 가속인가."

드디어 이해했다.

마디아스가 증오하는 대상은 지금이라는 시대 자체였다.

"아아, 그래, 맞아. 그 말대로야. 나는 이 애매모호한 시대를 억지로 앞으로 나아가게 하려는 거야. 평범한 인간과 '성맥세대'가 결별하고 서로 싸우면 어쩔 수 없이 시대는 변하겠지. 그 다음에 대등한 화해를 하게 되든, 어느 한쪽이 반대편을 완전히 예속시키든, 나한테는 어찌 되든 상관없는 문제야. 어느 쪽이든 그건 결정적인 것이 될 테니까."

어딘지 자포자기한 듯한 그 말은 아마 진실이리라. 마디아스에게 결과는 어찌 되든 상관없는 문제인 것이다.

그것은 바람이라 부를 수도 없는 단순한 횡포다.

"당신 혼자만의 판단으로 그런 일을 할 권리가 있다고 생각하는 거냐!"

한 호흡 만에 마디아스의 품에 파고들어 '흑로의 마검'을 때려 넣었다.

"시대가 문제라고 한탄하는 건 그것을 바꿀 힘이 없기 때문이다. 나에게는 그것을 가능케 할 힘과 지위가 있어. 그런데도 하지 않을 이유가 어디에 있나!"

자동방어가 아니라 '적하의 마검' 본체로 마디아스는 그 일격을 받아냈다.

그대로 밀려 나가 비틀거리고 있으려니, 도끼와 창이 급습한다.

"끝이다!"

승리를 확인한 마디아스의 목소리.

하지만 아야토는 머리에 내리쳐진 도끼를 오른손에 든 '흑로의 마검'으로 흘려내고, 등 뒤에서 공격하는 창은 돌아보지도 않고 왼팔만으로 쳐냈다.

"이럴 수가?!"

"깨달았거든. 당신은 전혀 자유롭지 않아. 당신 자신이, 다른 무엇보다 과거에 속박되어 있어."

아야토가 그렇게 말하자 마디아스의 표정이 분노로 물들었다.

이니, 그건 어디끼지니 미디어스 내면에서 타오르던 분노가 겉으로 드러났을 뿐이겠지.

아마 마디아스는 쭉… 아야토나 하루카와의 만남보다 훨씬 이전부터 지금까지, 쉬지 않고 분노를 불태워 온 인간이리라.

"어딜 아는 척 지껄여!"

번개 같은 3단 찌르기였지만, 아야토는 최소한의 움직임만으로 피했다.

"말도 안 돼! 내 움직임을 간파하고 있다는 건가!"

아니다.

간파한 것은 마디아스 메사라는 인간이 의지하는 힘의 근원이다.

그것은 분노.

무엇보다도 강하고, 격렬하고, 거센 정동. 귀기의 근간.

하지만 아마기리 신명류에는…. 아니, 대부분의 무술이나 무도에는 기본 중의 기본으로 여기는 원칙이 있다.

…분노에 의지해 공격하지 말 것.

"하얏!"

아야토는 '흑로의 마검'을 오른쪽으로 내려베었다.

이제까지와 마찬가지로 '적하의 마검'은 순간적으로 파편이 모여, 자동적으로 공격을 받아냈다.

하지만 이번에는 지금까지와 달랐다.

'흑로의 마검'의 울림＝마나다이트가 더욱 강하게 빛나면서, 맞붙은 파편의 칼날을 태워 끊어버린 것이다.

"헉?!"

마디아스는 크게 뒤로 뛰어 참격을 피했지만 표정에는 조금이나마 분노가 아닌 동요가 드러났다.

생각해보면 당연한 일이다.

'흑로의 마검'과 '적하의 마검'이 동격이라면, 원래는 파편만으로 '흑로의 마검'의 공격을 받아낼 수는 없을 것이다. 아무것도 존재하지 않았던 공간에 갑자기 날이 형성되기 때문에 허를 찔려서 밀려 나갈 뿐이다. 처음부터 방어 당한다는 걸 안다면, '흑로의 마검'이 밀릴 이유가 없다.

이제야 알았냐고 말하듯, '흑로의 마검'이 손안에서 가볍게 몸을 떨었다.

어쩌면 '흑로의 마검'은 자기 나름대로 '적하의 마검'에 지지 않는다는 자부심이 있는지도 모르겠다.

"…하핫! 과연, 제법이군. 좋아, 인정하지. 확실히 나는 과거에… 아카리에게 사로잡혀 있다. 그 말은 부정할 수 없어. 하지만 그렇다고 해서 내가 자네한테 뒤떨어지는 건 아냐!"

엄청난 속도로 파고들어, 곧바로 3방향 동시공격.

역시 아야토도 모든 공격을 받아낼 수는 없기에, '적하의 마검'에 옆구리를 꿰뚫렸다.

"으윽…!"

사실 마디아스의 본질을 간파하고 자동방어를 돌파했다고 해서 아야토가 우위에 서는 것은 아니다. 무형무박자는 의심할 여지가 없는 진짜배기고, 신체적인 스펙은 마디아스가 압도적으로 우세하다.

무엇보다 너무 상태가 피폐하다. 마디아스도 대미지는 꽤 입었지만 아야토는 간신히 서 있기만 하는 수준이다. 이대로는 몇 분 버티지 못하고 의식을 잃게 되리라.

단지….

"아니, 내가 당신보다 우세한 게 딱 하나 있어."

아야토는 피를 토하면서 말하고 힘없이 웃었다.

"윽?!"

"당신이 속박이라고 생각하는 게 나한테는 소중한 인연이야…!"

그렇다.

사람과 사람 사이의 유대를 속박이라는 부정적 측면으로밖에 해석하지 못하는 남자에게 질 수는 없다.

아야토는 이 애스터리스크에서 많은 사람과 유대감을 쌓았다.

사야, 클로디아, 키린, 실비아, 에이시로와 레스터, 이레네나 프리실라, 플로라, 에르네스타, 카밀라, 알디, 림시, 어니스트, 엘리엇, 싱루, 후펑, 미나토, 유즈히, 헬가 쿄코…. 다 헤아릴 수도 없을 정도다.

그것만으로도 아야토에게 이 도시는 무엇과도 바꿀 수 없는 장소다.

그리고 무엇보다….

아야토는 딱 한순간, 아직까지도 띄워져 있는 공간 윈도에 시선을 주었다.

그 화면 안에서 움직이는 아야토의 가장 소중한 파트너를 보고, 그날 했던 말을 떠올렸다.

"…그러니 내가 해야 하는 일을 해내고 말겠어!"

"어디서 헛소리를…!"

아야토가 다시 발을 내딛자 마디아스는 아야토의 옆구리를 베고 '적하의 마검'을 거두었다.

아야토가 검을 휘두르는 것보다 마디아스가 다시 자세를 취하는 것이 조금 빨랐다.

하지만….

"아마기리 신명류 검술 초전, '후타츠미즈치'."

아야토가 뻗은 날은 버티고 있는 마디아스의 검을 피해 그의 몸을 십자로 그었다.

"어떻게…?"

믿을 수 없다는 표정을 짓고 있는 마디아스의 손에서 '적하의 마검'이 미끄러져 떨어졌다.

극전도 아니고, 오전조차 아닌 아마기리 신명류 검술의 초전.

수천 수만 번을 수련한 이 기술 또한, 아야토와 검이 맺은 인연이었다.

제4장

최종결전 4

그때쯤 '악랄의 왕' 디르크 에벨바인은 비행선의 한 방에서 여러 개의 공간 윈도를 바라보고 있었다.

물론 계획이 어떻게 흘러가는지 지켜보기 위해서다. 마디아스와 마찬가지로 디르크도 바리언트의 카메라를 통해 애스터리스크 이곳저곳을 리얼타임으로 체크할 수 있다.

현재로서는 모든 것이 순조롭게 진행되고, 동시에 파탄 나고 있었다. 그 이유는 물론 디르크가 금지편 동맹을 배신했기 때문이다. 이대로 가면 계획은 반쯤 달성되고 반쯤 실패한다는 어중간한 형태로 끝을 맞이하게 될 것이다.

그리고 바로 그것이 디르크의 바람이다.

누구도 승자가 없는 세계.

그런 것이 실현 가능하지는 않겠지만, 최대한 비슷한 결과를 낼 수는 있다.

일부러 에이시로에게 정보를 흘려 아야토 일행을 발다와 마디아스에게 보낸 것도 전부 그 목적을 위해서다.

"…뭐, 그렇다고 마디아스나 발다가 지지는 않겠지만."

아야토 일행이 소수 인원으로 움직일 수밖에 없는 만큼 승산은 높지 않다.

발다는 몰라도 마디아스가 진다는 건 아예 있을 수 없는 일이리라. '적하의 마검'과 그렇게까지 친화성이 높은 사용자는 디르크도 달리 본 적이 없다.

아야토 패거리의 역할은 이미 끝났다.

이대로 죽어주는 쪽이 좋다.

"문제가 있다면 오펠리아인가…. 의외로 고전하고 있군."

디르크는 그렇게 말하고 '왕룡성무제' 결승전이 중계되는 공간 윈도를 확대했다.

설마 그 공주님이 오펠리아를 상대로 이렇게까지 버틸 줄은 디르크조차 전혀 예상하지 못했다.

하지만 근본적인 힘의 차이가 명백하다. 오펠리아의 승리에는 흔들림이 없으니 얼마 후면 결판이 나게 될 것이다.

바로 그때가 이 애스터리스크의 종말이다.

디르크는 창문 밖으로 솟은 애스터리스크의 고층 빌딩군을 바라보며 코웃음을 쳤다.

이제 곧 이 도시의 산 자들은 전부 죽고, 도시 자체도 물속에 잠긴다.

…아아, 꼴좋다.

그 모든 과정을 직접 지켜본다면 디르크의 몸속에서 타오르는 이 혐오감도 조금은 누그러들까.

그런 잡생각을 하다가 혀를 찬 순간, 갑자기 비행선이 크게 흔들렸다.

"…기류 때문이 아니군. 이 흔들림은 느낌이 안 좋아."

디르크는 손가락을 울려 호위를 불렀다.

하지만 아무리 기다려도 그들은 나타나지 않았다.

이 비행선에는 디르크 외에 호위가 두 명 타고 있다. 둘 다 디르크가 직접 양성한 나름대로 우수한 인재이고 흑묘기관과는 관계가 없다. 그중 한 명에게는 비행선 조종을, 나머지 하나에게는 경비를 맡겨놓았다.

어쩔 수 없이 디르크는 다시 혀를 차고서 방에서 나왔다.

아야토 일행이 디르크를 쫓고 있다는 건 알지만, 여기까지는 물리적으로 올 수 없을 것이다. 그렇다면….

온갖 가능성을 떠올리며 조종석으로 향하자, 거기에는 디르크의 호위가 피를 흘리며 쓰러져 있었다. 상황이 이렇다면 또 한 명의 호위도 이미 당했을 것이다.

디르크는 평범한 인간인 자신만 혼자 남겨졌다는 걸 알고도 당황하지 않았다.

아무리 발버둥을 치더라도 죽을 때는 죽으니까 굳이 추태를 보여 적을 기쁘게 해줄 이유는 없다.

"쳇! 하여간 도움이 안 되는 놈들…!"

디르크는 욕을 내뱉으면서 고깃덩어리가 된 호위를 밀어내고 스스로 조종석에 앉았다. 비행선 조종 정도는 디르크에겐 간단한 일이다.

아무튼 이 비행선을 무사히 착륙시키는 게 우선이다.

하지만….

"어…?"

그때 의자의 그림자가 붕 뜨더니 칼날로 변해 디르크의 불룩한 배를 찔렀다.

"이 능력… 금빛 눈의 7번인가."

통증으로 얼굴을 찡그리면서 주위를 둘러보자 문의 그림자에서 한 남자가 흐느적거리며 스며 나오듯 모습을 드러냈다. 예전에는 흑묘기관의 에이전트이자 디르크의 수하였던 금빛 눈의 7번인 베르나였다.

'봉황성무제' 때 아야토를 탈락시키려는 작전을 펼칠 때, 디르크가 실행을 맡긴 에이전트다. 결과적으로 작전은 실패했고 베르나는 누군가에 의해 목숨을 빼앗겼다고 생각했는데….

"살아 있었다면 어째서 곧바로 나에게 보고하러 오지 않았지?"

그렇게 물어도 베르나는 대답하지 않았다.

특무기관의 에이전트니까 당연한 반응이지만, 디르크는 곧바로 다른 이유를 깨달았다.

베르나의 눈이 마치 유리구슬처럼 공허해, 자신의 감정이나 의사가 전혀 느껴지지 않았기 때문이다.

'꼴을 보니 발다에게 완전히 세뇌를 당했군…. 그렇다면 나한테 보낸 놈은 마디아스인가.'

일부러 보냈다기보단, 만약 디르크가 배신하거나 불온한 행동을 했을 때를 대비해 뒤처리용으로 심어놨을 것이다. 그런 발상을 발다가 떠올릴 리 없으니 필연적으로 마디아스의 짓이다.

"흥! 그렇다면 이 자식을 회수한 놈도 마디아스인가…. 어쩐지 돌아오지 않는다 싶더니."

베르나가 팔에 숨겨둔 날을 꺼내 디르크의 목을 노렸다.

디르크는 피할 생각도 없이 의자에 몸을 기대고만 있었지만 (어차피 피하려 해도 디르크에게는 불가능한 일이었지만) 그 칼날은 디르크의 목을 꿰뚫기 직전에 딱 멈추었고, 베르나는 갑자기 자신의 머리를 붙잡고 괴로워하기 시작했다.

"이건…? 혹시 발다가 패배했나."

발다가 파괴되면 세뇌는 효과를 잃는다.

그야말로 농담 같은 타이밍이지만, 그렇다고 해서 디르크가 목숨을 건졌다고 볼 수는 없었다.

복부의 출혈이 너무 심해 이미 시야가 흐려지고 있다.

이런 상태로는 당연히 비행선 조종을 할 수도 없거니와 그 이전에 곧 의식을 잃게 되리라.

"빌어먹을…! 이 엿 같은 도시가 붕괴하는 모습을 보기도 전에 내가 먼저 뒈지다니…!"

조종사를 잃은 비행선은 호수를 향해 천천히 고도를 낮춰갔다.

*

　월화미인을 단적으로 설명하면 '만응소를 성진력으로 변환하는 기술'이다.

　원래 성진력과 만응소는 친화성이 높다. '마법사'나 '마녀'는 성진력을 매개로 만응소에 간섭하고 있으니 거기에 모종의 공통성이 있다는 것은 말할 필요조차 없으리라. 그것은 유리스만의 견해가 아니라, 만응소가 인체 내부에서 더욱 효과적으로 작용하도록 적응한 형태가 성진력이라는 것이 현재의 주류 학설이라고 한다.

　그렇다면 그 공통성을 이용해 만응소를 성진력으로 이용할 수도 있지 않을까… 라고 유리스는 추측한 것이다. 그러려면 만응소를 성진력으로 변환할 장치가 필요해진다. 성진력을 정교하게 제어할 수 있는 데다 즉시성까지 뛰어난 변환장치. 그런 편리한 물체는 세상에 하나밖에 없다.

　즉, 인체다.

　그렇다. 월화미인은 유리스 자신의 육체를 변환장치로 쓰고, 그렇기에 싱루도 수백 년에 한 명 나올 바보라고까지 말한 것이다. 그게 얼마나 위험한 짓인지는 당연히 유리스도 안다. 인체를 변환장치로 쓴다는 것은 부분적으로 자신의 몸을 바꿔치

기한다는 뜻이다. 재구성에 실패하면, 최악의 경우 육체는 분해되어 흩어져버릴 수도 있다. 만약 성공하더라도 유리스의 능력 이미지가 화염인 만큼 재구성시에 화상을 입을 가능성도 크다. 실제로 유리스는 이 기술을 완전히 자기 것으로 만들 때까지 몇 번이나 목숨을 잃을 뻔했다. 양산박이라는 장소와 판싱루라는 지도자가 없었다면 아마 유리스는 월화미인을 완성하기도 전에 황천길을 건넜을 것이다.

그 커다란 리스크를 감수하더라도 월화미인의 유지 시간은 12초밖에 되지 않는다. 유리스는 어떻게든 이 리미트를 늘리기 위해 시행착오를 거듭했지만, 결국 성공하지 못했다. 하룻밤만 피는 꽃은 아침을 기다리지 않고 그대로 지고 말았다.

그런 만큼 효과는 절대적이다.

예를 들어, 이렇게.

"피어올라라, 예창의 백염화·수많은 꽃송이!"

월화미인을 발동시킨 유리스는 극락조의 등익을 즉시 전개해 하늘로 날아오른 후, 푸르스름한 불꽃의 창을 무수하게 만들어냈다. 그것들은 하나하나가 유리스의 몸보다 크고, 숫자도 50개 이상은 되어 보였다.

모든 것을 태워 꿰뚫는 철포나리의 창이 마치 미사일처럼 날아간다.

오펠리아는 근처에 대기시켜둔 장기의 팔로 막으려 했지만,

예창의 백염화는 그것들을 그대로 관통했다.

"큭!"

오펠리아는 평소처럼 그것을 맨손으로 막으려고 하지 않고 백스텝으로 피했다. 한눈에 위력을 알아차린 듯했다. 실제로 지금 유리스의 화력이라면 오펠리아의 방어력을 충분히 돌파할 수 있을 것이다.

도망치는 오펠리아를 뒤쫓듯 예창의 백염화가 쏟아져 스테이지에 불기둥이 계속해서 생겨났지만, 오펠리아의 신체 능력도 대단하기에 도무지 붙잡을 수 없었다.

그렇다면.

"피어올라라, 작염의 태양화·수많은 꽃송이!"

태양으로 착각할 만한 거대한 화염꽃이 하늘에 열 송이 이상 생겨났다.

지금의 유리스는 지금처럼 큰 기술을 연발하는 건 물론이고, 심지어 동시에 전개해도 전혀 지장이 없다. 왜냐하면 주위에 존재하는 만응소 전부가 유리스의 성진력이 되기 때문이다. 실질적으로 월화미인을 사용 중인 유리스는 오펠리아와 마찬가지로 무한한 성진력을 가지고 있다고 말할 수 있다.

또한, 기술 하나하나에 담긴 성진력의 양도, 그것이 형태를 유지할 수 있는 범위 내라면 원하는 만큼 주입할 수 있다. 파괴력은 지금까지와 차원이 다른 수준이다.

지름 10미터를 우습게 넘어가는 작열의 태양화가 오펠리아를 포위하듯 동시에 날아갔다. 아마 평범한 '성맥세대'라면 그 온도만으로 의식을 잃었을 것이다.

12초라는 한계 안에서 유리스가 낼 수 있는 공격은 아무리 잘 끼워 맞춰도 3번 정도가 한계다. 이미 유리스의 등 뒤에서 빛나는 월화미인의 꽃은 반 정도가 시들었다.

가능하다면 이것으로 끝을 내고 싶은데….

"…수맥에 잠겨 들어가라."

"헉?!"

다음 순간, 마치 간헐천처럼 오펠리아 주위에서 검은 액체가 잔뜩 뿜어져 나왔다.

모든 것을 태워버리는 업화의 구를 방대한 양의 액체가 증발해가며 막아냈다.

'액화 가스인가…!'

압축과 같은 수단을 동원해 장기를 액화시킨 모양인데, 기체와 액체는 밀도가 다르다. 지금의 유리스가 가진 화력으로도 전부 처리하긴 힘들어 보였다.

만약 상대가 아까까지의 오펠리아였다면 이미 승부는 났을 것이다. 진짜 온 힘을 발휘하는 오펠리아는 유리스의 상상보다도 더 괴물인 듯했다.

하지만 지금은 유리스도 마찬가지의 존재다.

'이제 3초 남았어…. 마지막 공격이다!'

유리스의 화염구와 오펠리아의 액화 가스가 서로 소멸해 주위가 짙은 수증기로 덮인 와중에, 유리스는 신속하게 오펠리아의 품으로 뛰어들어갔다.

지금의 유리스는 육체적으로도 파격적인 강도를 자랑한다. 무진장한 성진력으로 몸을 강화할 수 있으니 당연한 일이다. 부러진 오른팔까지도 자유롭게 움직일 수 있을 정도다.

그 속도는 역시 예상 밖이었는지, 오펠리아가 눈을 크게 떴다.

"피어올라라, 절괴의 백염화!"

오펠리아의 가슴을 노리고 두 손을 겹쳐 뻗으면서 외치자, 새하얀 섬광이 온 세상을 덧칠하면서 압축된 폭발이 일어났다.

초지근거리에서 때려 넣는 초화력공격.

그냥 썼다면 이 스테이지를 전부 초토화시킬 수도 있는 폭발을 꽃잎으로 여러 겹 눌러 압축한, 월화미인을 전개했을 때만 쓸 수 있는 절대적인 파괴력의 기술이다.

그것을 사용하자마자, 유리스의 등에 피어 있던 월화미인의 꽃잎이 전부 시들고 그녀의 몸에서 급속도로 힘이 빠져나갔다. 파르스름하게 변했던 머리카락은 장밋빛으로 돌아오고, 여기저기 입은 화상이 따끔거리며 아파 왔다.

월화미인을 쓰고 나면 성진력이 거의 바닥나게 된다. 이 문제는 쓸 때마다 조금씩 개선되고 있지만 이유는 유리스도 알지 못한다. 이번에도 예전보다 약간이나마 더 많은 성진력이 남아 있는 듯했다, 그래 봐야 평소의 10분의 1 이하지만.

[아, 으음, 여러분, 죄송합니다! 너무나 전개가 빨라서, 그리고 너무나 현란해서 아무 말 못 하고 넋을 잃고 보고만 있었습니다! 실황 캐스터로서 실격이라는 따끔한 질책은 나중에 달게 듣도록 하고…. 어떻습니까? 결판이 난 걸까요, 자하룰라 씨?]

[지금의 공격을 제대로 받았으니 아무리 오펠리아 란드루펠이라 해도 충격이 심할 거야. 물론 시합 종료 안내가 뜨지 않은 걸 보면 교표가 깨지거나 의식을 잃진 않았겠지만…. 더는 서있을 수 없다고 해도 무리는 아니겠지.]

캐스터와 해설자의 목소리를 들으면서, 유리스는 그대로 누워버리고 싶은 기분을 견뎌가며 뭉게뭉게 피어오르는 흙먼지 너머를 응시했다.

그러자 거기서 무릎을 꿇은 오펠리아의 모습이 희미하게 드러났다.

[아앗! 오펠리아 선수, 무사한 듯합니다만 그래도 역시 대미지는 상당했나 봅니다! 힘없이 무릎을 꿇고 있군요!]

레볼프의 교복은 엉망으로 찢어지고, 다 드러난 피부도 여기저기 빨갛게 부어 있다.

그런데도 오펠리아의 표정에는 분노나 고통, 분함과 같은 감정은 없다. 고요한 체념과 비탄이 지배하는 얼굴에는 그저…

군이 말하자면 그것들과 상반되는 한 줄기 희구와 같은 감정이 한순간 반짝인 듯이 보였다.

"…대단하구나, 유리스."

담담히, 아주 살짝 잠긴 목소리로 오펠리아가 입을 열었다.

"감탄했어. 네 강한 운명에…. 지금, 이 장소에서, 그것이 내 운명을 가로막고 서 있다는 건, 분명 의미가 있을 거야. 그러니까… 이걸로 끝내진 말아줄래?"

"……?!"

그 말에 유리스는 할 말을 잃었다.

"네가 네 운명이, 그렇게 만든 거야. 그렇다면, 마지막까지 책임을 져줘. 자, 계속해야지?"

비틀거리며 일어난 오펠리아가 심홍색 눈으로 똑바로 유리스를 바라보았다.

"후, 후후…! 그 꼴로 용케 그런 소리를 하는구나. 나도 너한테 뭐라고 할 만한 상태는 아니지만 이미 한계잖아. 무리하면 곤란하거든…?"

"한계…? 이상한 소리 하지 마, 유리스. 나한테… 오펠리아 란드루펜의 운명에, 한계 같은 건 없어."

그렇게 말하자마자 오펠리아는 발밑에서 미약한 장기의 팔을 만들어내 자신의 목에 가만히 가져다 댔다.

"…시체에서 몽매를 배제한다."

오펠리아의 몸이 움찔 떨리면서 그대로 굳었다.

"아… 아… 아아아……!"

눈을 크게 뜨고서 천장을 올려다본다. 입에서는 오열과 비슷한 소리가 피거품을 뿜으며 흘러나왔다.

"뭐지…? 뭘 하는 거냐, 오펠리아!"

그 질문에 대답하지 않고 오펠리아는 잠시 멍하니 있다가 어딘지 핏발이 선 눈길을 유리스에게 보냈다. 그녀의 온몸에서 어렴풋하게 혈관이 불거지며 격하게 맥이 뛰는 것을 알 수 있었다.

"오펠리아! 지금 건 뭐냐니까!"

다시 그렇게 소리치자, 오펠리아는 작게 고개를 흔든 후에 입을 열었다.

"…옛말에, 독도 약으로 쓸 수 있다는 말이 있잖아? 독초가 자양강장에 사용된 것처럼 말이야. 그러니까 내가 가진 독도 사용하기 나름…. 이건, 만약 내가 쓰러지더라도, 강제로라도 몸을 움직이기 위한 기술이야."

그렇게 말한 오펠리아는 이미 비틀거리지 않았다. 아까의 대미지 따위는 없었다는 듯이…. 아니, 오히려 힘이 더 강해졌다는 느낌마저 받았다.

"허… 헛소리! 이상한 소리 하지 마, 오펠리아! 어째서 네가 그렇게까지…!"

유리스는 분노가 끓어올라 흥분한 채로 고함치다가 오펠리아의 얼굴을 보고 입을 다물었다. 그 대신에 피가 배어나올 정도로 입술을 강하게 깨물고 말을 삼켰다.

오펠리아의 표정은 아마 누구의 눈에도 평소와 똑같이 보였으리라. 체념, 슬픔, 한탄, 그런 것들로 가득한 얼굴.

오로지 유리스만 거기서 다른 것을 보았다.

"내 운명을 막고 싶다면…."

"…그래, 알아. 아주 잘 안다고."

그 말을 대체 몇 번이나 들었을까.

지금이라면 알 수 있다.

오펠리아는 내내 자신을 막아달라고 말하고 있었다.

유리스는 아래를 보고서, 자신의 한심함에 넘쳐흐르던 눈물을 손으로 닦아내고는 결의를 굳히고 고개를 들었다.

"막아주겠어, 오펠리아. 너의 그 하찮은 운명을 내가 깨부숴주지."

"할 수 있다면 해봐, 유리스."

오펠리아는 조용히 대답했다.

이미 유리스는 만신창이다.

몸을 움직일 수 없을 정도로 피폐하진 않지만, 중요한 성진력이 바닥을 드러냈다.

그렇다면 어떻게 할 것인가.

굳이 고민할 것도 없이 수단은 하나뿐이다.

'다시 한번, 월화미인을 쓴다…!'

하지만 그 행위는 싱루가 엄하게 주의를 시켰다.

'잘 들어라. 한 번 월화미인을 쓰면 적어도 하루 정도는 쓰지 말아야 한다. 그러지 않는다면 네 몸이 못 견딜 게야. 행여 이 다짐을 지키지 않았다간 하룻밤의 꽃은 봉오리를 피우지 못하고 져버리고 말 것이야.'

즉, 월화미인을 연속으로 사용하면 확실히 실패한다는 것이다.

그리고 월화미인의 실패는 유리스의 죽음을 뜻한다.

'그렇다고 해서, 여기서 물러설 수는 없어…!'

유리스는 깊이 숨을 들이마시고는 마음을 굳게 먹고 성진력을 집중시켰다.

설령 이 자리에서 죽는 한이 있더라도, 친구 한 명 구하지 못한다면 어차피 아무것도 이룰 수 없을 것이다.

유리스의 가장 소중한 파트너는…. 그날, 이런 자신을 지키는 일, 자신의 힘이 되는 일이 자신이 이뤄야 하는 일이라고 말해주었다.

유리스도 오펠리아에게 그런 존재가 되고 싶다.

"꽃피어…."

하지만 성진력을 체내에 순환시켜 변환을 시도한 순간, 유리스의 몸은 새빨간 불길에 휩싸였다.

"크아아아아아!"

월화미인이 발동해서가 아니라, 그 변환 과정에서 뭔가가 터져버린 것이다.

[이, 이건 대체 어떻게 된 일일까요? 리스펠트 선수의 몸이 타오르고 있습니다!]

[…성진력의 순환이 엉망으로 흐트러져 있어. 이건 곤란한데….]

작열하는 불꽃에 몸이 불타는 와중에도 유리스는 필사적으로 성진력을 제어하려 했지만, 전혀 말을 듣지 않았다. 레지스트도 거의 작용하지 않는 듯해서 불길을 들이마시지 않게 호흡을 참았다.

'이, 이대로는….'

"미안하지만, 그렇다고 봐줄 수는 없어…. 유리스."

그런 유리스를 바라보면서 오펠리아는 조용히 팔을 들어 아래로 휘둘렀다. 이대로 짓밟히면 모든 게 끝이다.

"크… 으으으…!"

그런데도 유리스는 이를 악물고 성진력을 집중시키는 데에만 의식을 쏟았다. 마지막의 마지막까지 발악하겠다는 듯이.

…바로 그 순간.

'뭐…지…?'

갑자기 유리스의 의식은 허공으로 날아갔다.

눈 아래에는 거대한 푸른 별이.

주위에는 무수한 별들.

유리스는 자신이 우주 한가운데에 떠 있다는 사실을 자각했다.

'설마… 이건… 이 장소는….'

순간적으로 깨달았다.

저쪽이라고 불리는 세계.

만응소가 가득한 태양계.

신이 실재하는 우주.

'……!'

거대한, 너무나 거대한 존재가 유리스라는 왜소한 존재를 인식했음을 느꼈다.

하지만 그 존재가 유리스의 의식에 닿기 전에 유리스는 현실로 돌아와 있었다.

바로 지금 유리스를 향해 휘둘러지는 그 장기의 팔을 유리스는 마치 시간이 멈춘 듯이 바라보았다.

아직도 머릿속이 혼란스러웠다.

그저 막연히, 자신의 안쪽에 잠시 '구멍'이 나서 그쪽과 연결되었다는 사실만을 이해했다. '구멍'은 금세 막혔지만 덕분에 유리스의 의식은 무사했다는 사실도.

그리고 유리스는 그 찰나의 해후를 통해 만응소란 무엇인지, 성진력의 본질이란 무엇인지 감각적으로 이해했다. 신의 숨결을, 만상의 근원을 깨달았다.

지금이라면 할 수 있다.

대가를 치러야 하겠지만, 상관없다.

이 승부에서 이길 수만 있다면 기꺼이 주겠다.

"꽃피어라… **월화미인·수많은 꽃송이.**"

유리스의 중얼거림과 동시에, 시간이 움직이기 시작했다.

유리스의 등 뒤에 월화미인의 꽃이 전부 12송이, 만다라화처럼 흐드러지게 피었다.

12초×12송이, 즉 이제부터 144초가 유리스에게 주어진 진짜 마지막 시간이다. 그 후에 어떻게 될지 유리스로선 알 방법이 없고, 궁금하지도 않다.

창백한 불꽃과 동화된 유리스를 짓밟으려 덤벼드는 장기의 팔을, 유리스는 순식간에 전개한 거대한 불꽃의 검으로 양단했다.

"피어올라라… 백염의 단인화."

피를 털어내듯 한 번 휘두르고 나서, 그 기술의 이름을 중얼거렸다.

"…그래. 그쪽을 보고 왔구나, 유리스…!"

오펠리아는 놀라면서도 모든 것을 이해한 듯했다.

얼굴에 희미한 미소를 짓고 있었다.

유리스는 대답하지 않고 하늘로 날아올라 소리쳤다.

"피어올라라, 탄룡의 교염화·수많은 꽃송이!"

월화미인으로 방대한 성진력이 주입된 불꽃의 용이 일곱 개의 목을 치켜들고서 오펠리아를 향해 덤벼들었다.

"…씹어 삼켜라."

오펠리아가 장기로 만들어낸 칠흑의 용이 정면에서 그것을 받아냈다.

새하얀 불꽃과 새카만 장기가 맞붙어 힘겨루기를 시작했다.

[이, 이럴 수가! 이런 싸움이 또 있을까요! 엄청납니다! 엄청나다는 말로밖에 표현할 방법이 없습니다!]

[아하하하하! 그래! 나는 내내, 내내 이런 시합을 보고 싶었어!]

이미 미코의 목소리도, 자하룰라의 목소리도 유리스의 귀에는 들어오지 않는다.

지금 이 순간에 오펠리아를 제외한 모든 존재는 전부 유리스의 의식 밖에 있었다.

두 용의 힘겨루기는 승부를 내지 못하고 분수를 뿜듯 불꽃을 날리며 화염과 장기의 잔재를 남기고 양쪽 다 사라졌다.

"피어올라라, 순백의 염미화·군생!"

유리스가 팔을 휘두르자 스테이지 전체를 뒤덮듯 새하얀 반하가 무수히 꽃을 피우더니 일제히 폭발했다.

스테이지 전체를 뒤덮는 무지막지한 범위공격.

도망치듯 하늘로 뛰어오른 오펠리아를 노려 공격을 이어갔다.

"피어올라라, 난소의 적염도!"

공중에 뜬 오펠리아를 포위하듯 불꽃의 칼이 수백 개나 나타났다.

유리스의 추측으로는 오펠리아에게 비행능력이 없다. 만약 할 수 있었다면 숨겨두지 않고 이미 선보였을 것이다.

그렇다면 공중에서 이 공격을 회피하는 것은 불가능하겠지.

"…진리의 가지여, 찢어라."

하지만 오펠리아를 노린 불꽃의 칼날은 허공에서 출현한 무수한 촉수에 의해 남김없이 사로잡혔다. 미끈거리는 그 촉수는 아마 아까도 사용했던 액화 가스이리라.

유리스 주위의 공간이 확 일그러진다 싶더니, 거기서도 촉수가 나타났다.

"쳇!"

공격속도만 놓고 보면 지금의 유리스가 충분히 대응할 수 있는 수준이지만, 기척도 없었던 데다 갑작스럽게 나타난 탓에 마땅히 처리할 방법이 없었다. 불꽃의 날개를 구사해서 하늘을 날아 어찌어찌 따돌린 것까지는 좋았지만….

"아차…'?!

어느새 지면에서 자라난 촉수를 발판 삼아, 오펠리아가 그 위에 선 채로 오른손을 하늘 높이 들고 있었다.

'엄청난 게 올 거야…!'

"…큰 소처럼 짓밟아라!"

스테이지 꼭대기 근처에서 엄청난 양의 장기가 먹구름처럼 몰려들더니, 그대로 유리스를 향해 떨어졌다. 거대한 폭포를 몇 개나 합쳐놓은 듯한 무시무시한 압력이었다.

"피어올라라, 격절의 적산화·대륜육종!"

강화한 오각형 꽃잎이 아슬아슬한 순간에 우산처럼 유리스를 지키면서 장기를 막아냈다.

세계가 색을 잃고 핑음에 물들었다.

그러는 도중에도 유리스는 성진력을 넓고 깊고 크게 집중시키고 있었다.

한편 상대도 마찬가지 행동을 하고 있었다.

장기의 낙하가 잦아들자, 그와 동시에 유리스와 오펠리아의 목소리가 겹쳐지듯 스테이지에 울려 퍼졌다.

"피어올라라, 영걸의 염장미·화원!"

"…명부의 신이여, 이리로 오라!"

유리스는 예전에 우샤오페이를 쓰러뜨렸던 작은 불꽃의 장미를 현현시키는 기술을 썼다. 크기는 주먹 정도지만 월화미인을 사용 중인 지금은 오펠리아의 방어를 충분히 돌파할 수 있는 위력을 가지고 있다.

예전에 유리스가 오펠리아와 함께 고아원 온실에서 키운 추억의 꽃.

모든 것의 시작이 된 그 손수건에 수놓았던, 소중한 꽃이다.

그 장미가 지금… 수천의 반짝임이 되어 스테이지를 가득 메우고 있었다.

한편, 폭발적으로 분출한 내량의 장기는 오셀리아를 집어삼킬 기세로 무시무시한 거신을 만들어냈다. 크기는 30미터를 훨씬 웃돌았다. 머리는 해골과 같아, 보기만 해도 몸서리쳐지는 망자를 연상케 했다.

"태워버려라!"

유리스의 호령이 떨어지자 수천 송이 장미가 명부의 거신에게 쇄도해 무수한 폭발을 일으켰다. 하지만 거신은 조금도 개의치 않고 유리스를 잡아 으깨려 손을 뻗었다.

유리스는 급가속으로 회피했지만 거신은 덩치에 어울리지 않는 속도로 따라왔다. 그러는 동안에도 사방팔방에서 불꽃장미가 폭발해 장기의 몸을 깎아나갔지만, 마치 산을 상대로 포탄을 쏘는 듯한 모습이라 허무함마저 느껴졌다.

"그렇다면…!"

유리스는 거의 조준하지 않고 아무렇게나 쏴대던 화력을 집중해, 천저하게 부부만을 노피기로 켔다.

그러자 장기로 구성된 육체가 점차 깎여나가는 것을 알 수 있었다.

거신은 괴로워하듯 몸을 비틀더니 그 휑하니 뜨인 눈…이라기보다 어두운 공동을 유리스에게 향했다.

유리스가 오한을 느끼고 급속이탈한 직후, 거신의 눈에서 초고도로 압축된 한 줄기의 장기가 레이저처럼 발사되어 스테이지를 양단했다.

아슬아슬하게 피했지만 불꽃의 날개가 절단당했다. 유리스는 균형을 유지하지 못하고 군데군데 황무지처럼 변해버린 스테이지에 추락하고 말았다.

한편 명부의 거신도 배부터 녹아내려 붕괴를 시작하고, 그 안에서 오펠리아가 기듯이 빠져나왔다.

월화미인의 리미트까지 이제 30초도 남지 않았다.

빨리 끝을 내야 한다.

유리스도 오펠리아도 비틀거리며 몸을 일으켜 거친 숨을 내쉬면서 시선을 교차했다.

이미 양쪽 다 깨닫고 있었다.

능력 승부로는 끝이 나지 않는다.

말없이 다가가 간격을 좁혔다.

순간 두 사람은 지면을 차고, **혼신의 힘을 담아 주먹을 때려 넣었다.**

유리스의 주먹은 오펠리아의 명치에.

오펠리아의 주먹은 유리스의 얼굴에.

무진장한 성진력을 가진 두 사람이 전력을 담은 주먹으로 서로를 쳤다.

서로 신음소리를 낼 틈조차 없이 날아가 지면을 파내듯 나뒹굴었다.

하지만 두 사람은 곧비로 일어섰다. 유리스는 흐르는 코피를 닦고, 오펠리아는 피를 토한 후에 다시 서로를 노려보았다.

물론 충격이 없었던 건 아니다.

둘 다 성진력으로 방어를 최대한으로 높이고 있겠지만, 주먹에 성진력을 집중해 증가시킨 공격력이 훨씬 강하기 때문이다.

그러니 아마 다음에는 못 버틸 것이다.

그것도 알고 있다.

이건 유치한 싸움이다.

그것도 어린애의.

"유리스으으으으!"

"오펠리아아아아아!"

서로의 이름을 부르며 다시 한번 주먹을 나눴다.

이번에는 서로의 주먹이 서로의 옆구리에 꽂혔다.

목소리 대신에 공기를 토해내고, 유리스와 오펠리아는 상대의 몸에 기대어 쓰러지듯 무릎을 꿇었다.

"…저기, 오펠리아."

"…왜? 유리스."

당장이라도 꺼져버릴 듯한 목소리로 속삭이는 유리스에게 들리지도 않을 만큼 쉬어버린 목소리로 오펠리아가 대답했다.

"완전히… 바보 같은 싸움 아니야?"

"…동감이야."

"그래서 더더욱 결판을 내지 않을 수 없어."

유리스는 그렇게 말하더니 마지막 힘을 쥐어짜내 일어섰다.

"……."

무릎꿇고 앉은 채 유리스를 올려다보는 오펠리아를 향해 오른손을 들어 올렸다.

"빚을 갚겠어… 오펠리아."

그리고 오펠리아의 뺨을 맨손으로 때렸다.

짝, 하고.

가벼운 소리가 조용한 스테이지에 울려 퍼졌다.

오펠리아는 깜짝 놀라고, 이어서 울음을 터뜨리려는 표정이 되더니, 그대로 벌러덩 쓰러져 눈물을 흘리면서 웃으며 말했다.

"내가 졌어, 유리스."

[오펠리아 란드루펜, 시합 포기.]

[시합 종료! 승자, 유리스=알렉시아 폰 리스펠트!]

학전도시
애스터리스크

제5장

꿈의 끝

"하하…. 이건 좀 난처한걸…."

마디아스는 떨어뜨린 '적하의 마검'을 주우려 몸을 웅크렸다가 그대로 무너져 내리듯 무릎을 꿇었다. 십자로 그어진 상처에서는 멈추지 않고 선혈이 흘러 순식간에 피웅덩이가 만들어졌다.

이미 일어설 힘이 남지 않은 듯했다.

"헉, 헉…!"

그를 상대하던 아야토도 옆구리를 베여 언제 의식을 잃어도 이상하지 않은 상황이었다. 과다출혈 때문인지 팔다리의 감각이 둔해지고 시야도 점점 흐려지고 있다.

그래도 승부의 결과는 공간 윈도를 통해 확실히 보고 있었다.

유리스가 '왕룡성무제'에서 우승한 바로 그 순간을.

"설마 오펠리아 양이, 패배할, 줄이야…."

분한 듯하면서도 어딘가 무거운 짐을 내려놓은 듯한, 힘이 빠진 목소리로 마디아스가 중얼거렸다.

그런 마디아스에게 아야토는 마지막 힘을 쥐어짜내 '흑로의 마검'을 겨누었다.

"아직도 계속하겠다면…."

아야토가 그 말을 끝내기도 전에 마디아스는 눈을 감고서 천천히 고개를 가로저었다.

"나로서는 그러고 싶지만⋯. 공교롭게도 지금의 오펠리아 양이 우리의 지시를 들을 것 같진 않군."

아야토도 동감이었다.

공간 윈도로 보이는 오펠리아의 표정에선 달라붙어 있던 듯한 체념이 사라졌다. 이미 오펠리아는 시합 전과 다른 사람이 되었으리라.

유리스가 해낸 것이다.

아야토는 그 사실이 더할 나위 없이 자랑스러웠다.

"아야토, 이쪽도 끝났어."

그러자 관객석에서 얼굴을 내민 사야가 그렇게 말하며 아야토에게 V사인을 그렸다.

폭탄 해체도 제때 성공한 모양이다.

"앗?! 아야토?!"

안심했기 때문인지, 정말로 한계인지, 아야토는 천지가 뒤집히는 감각을 느끼며 지면에 쓰러졌다.

사야가 허둥거리면서 관객석 쪽에서 황급히 달려왔다.

"이 상처는⋯!"

사야는 아야토를 안아 일으키고 상태를 확인하더니 숨을 삼켰다.

"나는 괜찮아⋯. 그보다, 빨리 이 사실을 모두에게⋯."

"바보야! 이런 상태가 괜찮을 리 없잖아!"

두 눈에 눈물을 글썽거리던 사야가 아야토의 뺨을 가볍게 때렸다.

"그러게 말이야. 장기가 꽤 심하게 손상되었을 테니 빨리 치료원으로 옮겨서 치유능력자의 처치를 받도록. 자칫하면 늦어."

"그게 대체 누구 때문인지…!"

능청맞은 마디아스의 말투에 사야가 분노를 드러내며 핸드건을 조준했다.

하지만 아야토는 사야에게 안긴 채 총을 든 오른손을 가만히 잡아 내렸다.

"…ㄱ건 당신도 마찬가지야, 마디아스 메사. 나보다는 조금 낫겠지만, 그 부상은 치료를 받지 않으면 곤란하겠지. 함께 치료원으로 가줘야겠어."

"호오, 나를 구하겠다는 건가? 정말로, 이렇게까지 물러터졌을 줄이야."

마디아스는 그렇게 말하고 어이없다는 듯이 쓴웃음을 지었다.

"물론 그 후에는 성렵경비대에 인도하겠어."

"하하하, 그건 곤란한걸. 그 무서운 경비대장님한테 설교를 들으면 도망치고 싶어진다고. 미안하지만 그것만은 사양하고 싶군."

마디아스는 오른손 하나로 휴대단말기를 조작해 작은 공간 윈도를 전개시켰다.

"…헉!

그걸 본 사야의 표정이 굳었다.

"사야?"

"…아야토. 저건 아마 기폭 스위치일 거야."

"뭐…?! 하지만 폭탄은 전부 해체한 게…. 크윽!"

아야토는 곧바로 몸을 일으키려 했지만 쉽지 않았다.

"자네들은 당연히 모르겠지만, 이 스테이지의 지하에는 전임 투기자용 대기실이 있네. 나도 그 시절엔 자주 이용한 곳이지. 뭐, 꼭 그래서 제집 다루듯이 하는 건 아니지만, 아무튼 거기에 폭탄을 하나 더 설치해 놨거든."

공갈…이 아니다.

마디아스 메사는 이런 상황에서 허세를 부릴 남자는 아니다.

"아아, 안심하게. 설령 폭발하더라도 이 스테이지가 붕괴할 뿐이야. 이곳의 벽을 파괴할 정도까지는 아니지. 관객석의 폭탄이 유폭한다면 모르지만, 마나다이트를 이용한 혼합폭약이라면 그럴 가능성도 없을 거야."

아야토가 확인하듯 사야를 보자 작게 고개를 끄덕였다.

"그렇다면 어째서…."

"내가 한 일의 뒤처리 정도는 스스로 한다. 그냥 그뿐일세."

"…우리를 길동무로 삼으려는 생각은 안 하는 거야?"

당연하다면 당연한 사야의 질문에 마디아스는 자못 유감이라는 표정으로 대답했다.

"자네는 나를 어떻게 보는 건가?"

"악당."

사야는 주저하지 않고 대답했다.

"그건 부정하지 않지만…. 이래봬도 무의미한 일은 싫어하는 성격이거든. 지금 자네들을 길동무 삼아봐야 아무 의미도 없어."

"……."

그런 식으로 떠들어대는 마디아스와 아야토의 시선이 교차했다.

짧으면서도 긴 듯한 불가사의한 시간. 아야토는 그러는 동안에 마디아스의 진의를 파악하려 했지만 결국 불가능했다.

먼저 시선을 피한 쪽은 마디아스였다.

시선을 살짝 아래로 내리깔면서 크게 한숨을 내쉬었다.

"자, 어서 가게. 위쪽의 소동을 보니 치료원도 상당히 혼란스러울 거야. 서두르지 않으면 정말로 목숨을 잃을 수도 있어. 아니면 나와 함께 죽고 싶은가?"

"…아야토, 가자."

사야가 아야토를 부축해 기둥 내부의 엘리베이터까지 끌고 갔다.

엘리베이터에 타기 직전에 마지막으로 아야토가 돌아보았지만, 마디아스는 이미 이쪽을 보고 있지 않았다.

아마 그 눈은 과거를 보고 있겠지.

마지막의 마지막까지, 마디아스 메사는 과거와 함께 사는 남자였다.

…미래 따위는 필요 없다.

아카리를 잃은 날부터 마디아스는 그렇게 결심했다.

아카리가 없는 미래 따위에서 아무런 가치도 발견할 수 없었기 때문이다.

그 마음은 지금도 전혀 변하지 않았다.

"뭐, 미련에 매달리는 한심한 남자의 말로로서는 이게 당연한가."

'식무제' 스테이지에 홀로 남겨진 마디아스는 누구에게 들으랄 것도 없이 혼잣말했다.

시대를 향한 복수라면 그럭저럭 멋지게 들릴지도 모르지만 실제로는 단순한 에고이즘이다. 그리고 가령 그 계획이 성공했더라도 마디아스의 마음은 개운해지지 않았을 것이다. 그런 건 진작부터 알고 있었다.

그저, 그래도 할 수밖에 없었던 것이다.

누구도 이해할 수 없을 테고, 누군가가 이해해주길 바라지도 않는다.

아니, 하루카만은 조금이라도 알아주었으면 했지만, 그것도 결국 마디아스의 이기적인 욕심일 뿐이다. 그녀는 아카리가 아니니까.

"…그럼."

마디아스는 가면을 벗어던지고는 공간 윈도에 아무렇게나 손가락을 뻗었다.

그때 갑자기 뇌리에 그날의 광경이 스쳐 지나갔다.

'내 바람은요….'

아아, 선배…. 나는 그다음에 이어질 말을 꼭 듣고 싶었는데.

*

"커헉! 커, 헉! 으, 윽…!"

디르크가 목이 막혀 기침을 하면서 눈을 뜨자, 거기에는 아주 익숙한 멍청한 얼굴이 있었다.

"다, 다행이야…! 회장님, 무사하신가요? 아, 아니, 무사하지 않으시다는 건 알지만, 아무튼, 그게…!"

두 손을 버둥버둥 흔들면서 눈물을 그렁그렁 떨어뜨리는 모습에, 디르크는 평소대로 혀를 차려다가 그만두었다. 배에서

격통이 퍼져 이를 악물지 않고서는 견딜 수 없었기 때문이다. 두툼한 지방이 베르나의 일격을 대신 받아준 것인지, 출혈은 이미 멎어 적어도 당장 목숨이 어떻게 되는 상태는 아니었다. 물론 한 번 더 찔렸다면 디르크의 목숨은 없었겠지만.

고통을 참으면서 주위를 둘러보니 아무래도 호숫가인 듯했다. 호수 쪽으로 눈을 돌리자, 멀리 애스터리스크의 모습이, 가까이에선 엉망이 된 비행선의 잔해가 반쯤 물에 잠겨 있었다.

디르크가 베르나에게 기습당한 후에 제어가 불가능해져 추락한 것이다. 그렇다면 그야말로 구사일생이 따로 없다. 아직 이 정도의 운은 남아 있다고 해야 하려나.

"코로나, 네가 어째서 여기에 있지?"

디르크의 비서인 그녀, 카시마루 코로나에게는 이틀 전에 소르네주 본부로 출장을 가라고 명령했을 텐데. 평범한 학생이라면 애스터리스크 밖으로 나가는 데에 복잡한 수속이 필요하지만 코로나는 명목상이긴 해도 학생회 소속인 만큼 출장이라면 전부 생략할 수 있다. 적어도 어제는 이 애스터리스크를 떠났어야 했는데 이상한 일이다.

"아~ 그게 저… 실은 조금… 갑작스러운 명령이라서, 준비에 시간이 걸려 버렸다고 할까…. 아, 아뇨! 하지만, 제대로! 제대로 준비는 늦지 않게 했어요! 준비는 늦지 않았는데…. 그거 하느라 밤에 못 잔 탓인지, 늦잠을 자버려서요…. 일어났을 때는 이미, 비행기가…."

점점 목소리가 작아져 가는 코로나의 변명에 디르크는 고함을 칠 기력도 잃어버렸다. 애스터리스크의 수상 공항은 세계 각지의 주요 도시와 연결된 국제공항이지만 규모는 별로 크지 않다. 직항편이라면 하루에 한두 편 정도가 고작이다. 하나 놓치면 다음 날… 즉 오늘까지 출발이 지연되는 일도 충분히 있을 수 있다.

하지만 오늘이 되었다면….

"그, 그래서 말이죠. 오늘이야말로 제대로 출발하려고 했는데, 갑자기…. 으음, 테, 테러 사건? 같은 걸로 애스터리스크 밖으로 못 나가게 되어서…."

"알았다, 알아. 그건 이제 됐다. 그것보다… **누가 여기까지 너를 데리고 왔지?**"

디르크가 날카로운 목소리로 묻자, 뒤쪽의 나무 뒤편에서 두 실루엣이 스며나오듯 모습을 드러냈다.

"오, 역시 '악랄의 왕'이야. 빈틈이 없군."

"뭐, 그러지 않으면 재미가 없으니까."

한 명은 작은 체구에 후드를 깊이 눌러쓴 소년이다. 표정은 보이지 않지만 말투에서 어딘지 타인을 바보 취급하고 깔보는 냄새가 난다.

또 한 명은 거구에 까무잡잡한 피부, 검은 머리의 청년이었다. 아무렇게나 기른 턱수염과 편안함이 느껴지는 인상은 일견 친해지기 쉬울 것처럼 보이지만, 그 안에 숨은 어두운 감정을 읽어낼 수 없을 정도로 디르크는 바보가 아니다.

"너는 분명…. 고스 케부트였던가."

"호오, 나 따위를 알아주다니 기쁜걸."

거구의 청년… 고스는 이번 '왕룡성무제' 개막전에서 멸성황 식무장을 써서 아마기리 아야토와 싸운 사람이다.

그리고 멸망한 두 통합기업재체, 사만다르와 세벨클라라의 잔당이 모여 만든 조직… 아슈타파의 에이전트.

애초에 코로나가 애스터리스크에 남아 있다면 혼자서 탈출할 수 있을 리가 없다. 그리고 추락한 비행선에서 디르크를 꺼내는 것도 코로나 혼자서는 무리다. 누구든 협력자는 있을 것이다.

그리고 아슈타파의 에이전트가 단순한 선의로 그런 짓을 할 리가 없다. 뭔가 속셈이 있겠지.

"아, 그래그래! 맞아요! 이 두 분이 회장님 구하는 걸 도와주셨어요! 테러로 애스터리스크 전체에 난리가 나서 저도 어떻게 해야 할지 몰라 우왕좌왕하던 차에 우연히 만났는데요. 아아, 정말로 얼마나 열심히 도와주시던지…."

그런 걸 전혀 알 리 없는 코로나는 순진하게 두 사람에게 꾸벅꾸벅 고개를 숙였다. 물론 그 일이 우연일 리 없다. 이 둘은 코로나가 디르크의 비서임을 알고서 접촉한 것이다.

"…흥, 하지만 용케 내가 있는 곳을 알아냈군. 단순히 패배한 개들이 보인 곳인 줄 알았는데, 의외로 아슈타파도 실력이 있는걸."

디르크를 필사적으로 쫓던 에이시로나 '무모' 멜키오르조차 결국 찾아내지 못했는데도.

그러자 둘은 얼굴을 마주 보고 동시에 어깨를 으쓱했다.

"아니, 아쉽지만 그건 과대평가야."

"그래, 우리도 네가 어디에 있는지 짐작도 못 했으니까. 그래서 이 아가씨하고 접촉한 거잖아."

"엉…? 무슨 뜻이지?"

디르크는 저도 모르게 미간을 찌푸렸다.

"이 녀석이 내가 있는 장소를 알 리가 없잖아."

코로나에겐 비서라는 직책을 주고 일을 시키고는 있지만, 뭘 해도 잡부보다 조금 나은 정도밖에 되지 않는 존재다. 정책 입안이나 실무는 부회장들이 서포트하고 있고, 사실 디르크는 그들에게조차 정말로 중요한 안건은 맡긴 적이 없다. 자신 이외엔 믿지 않으니 당연한 일이다. 혹시 '마녀'로서 코로나의 능력을 구사했다면 디르크가 있는 장소를 알아내는 것도 불가능진 않겠지만. 성립 조건이 대단히 엄격하기 때문에 원하는 정보를 정확하게 얻어내기는 힘들 것이다.

하지만.

"네? 저기, 무슨 이야기인지 잘 모르겠는데요…. 회장님께서 어디에 계시는지 찾아낸 사람은 일단, 그, 저…인데요?"

"…뭐라고?"

디르크가 노려보자 코로나는 작게 비명을 지르며 몸을 움츠렸다.

이번에 디르크가 사용한 소형 비행선은 평소에 금지편 동맹이 회합할 때 쓰던 물건이 아니다. 명의도 디르크와 아무 상관이 없는 타인이고, 소르네주와도 연결점이 없다. 디르크의 주위를 아무리 파헤쳐도 결코 꼬리를 잡을 수 없을 텐데.

"그, 그야, 아무리 연락해도 회장님이 안 받으시니까…. 이런 상황에서 혹시 문제가 생기면 큰일이라고 생각해…. 그래서 점을 쳐봤어요."

"점을 쳤다고?"

"아, 네! 회장님의 상황이라든가 계신 곳이라든가 이것저것…. 그랬더니 최악의 상태로 하늘 위에 있다고 나와서…. 그때, 하늘을 올려다봤더니, 마침 비행선 한 척이 호수로 똑바로 낙하하고 있는 거예요! 그래서 회장님은 분명 저기에 있겠구나 하고…. 어라? 회장님?"

입을 다문 디르크를 보고 코로나는 이상하다는 표정으로 고개를 갸웃거렸다.

확실히 코로나의 능력은 본인조차 자각하지 못하고 있지만 점에 관련된 것이다. 반드시 틀리는 예지… 하지만 하루에 한 번, 그것도 저녁이라는 조건이 아니라면 발동하지 않는다. 지금 코로나가 한 말을 믿는다면 지금 말하는 점은 능력이 아니라, 코로나가 서툰 실력으로 열심히 하던 취미활동이다.

즉, 디르크가 있는 장소를 맞힌 건 단순한 우연이다.

그때 로브를 깊이 눌러쓴 소년이 가만히 디르크에게 다가가 귓가에서 이렇게 말했다.

"이야~ 네가 엄청난 능력을 가진 아이를 비서로 쓰고 있다는 것까진 냄새를 맡았지만, 우리도 그게 어떤 능력인지까지는 파악하지 못했거든. 대단한걸, 이 아이."

디르크는 한순간 바보 취급받았다고 느꼈지만 아니었다.

이 녀석은 정말로, 그 아무것도 아닌 취미 생활이 코로나의 능력이라고, 그 능력으로 자신이 있는 장소를 찾아낸 것이라고 착각하고 있다.

"큭…. 하하! 크큭! 크크큭…! 하하하하하하하!"

디르크로서는 더는 참을 수 없었다.

"앗? 회, 회장님?"

"뭐, 뭐야?"

코로나도 소년도 고스도, 모두가 당황한 표정으로 디르크를 보았다.

설마.

정말 말도 안 되는 일이다.

단순한 우연과 어설픈 착각이 겹쳐, 디르크가 이제까지 치밀하게 쌓아온 작전이나 책모도, 에이시로나 멜키오르의 필사적인 노력이나 고생도, 발다나 마디아스의 꿍꿍이도, 그 모든 것을 단숨에 뛰어넘어 진실에 도달한다. 이것을 부조리라고 말하지 않으면 뭐라고 할 것인가.

이런 부조리를 앞에 두고, 디르크는 웃을 수밖에 없었다.

정말로, 철저하게 바보 같고 시시하다.

디르크는 한참을 그렇게 웃은 후에 코로나 쪽으로 휴대단말기를 향했다.

"어이, 코로나. 나는 당분간 안 돌아올 거다. 그러니까 네가 레볼프의 학생회장 대행이다. 위임장과 필요한 데이터는 네 휴대단말기에 보내 놨다. 확인해라."

"네…?"

코로나는 무슨 말인지 이해하지 못해 눈만 뻐끔거렸다.

"네? 네에에에에에에?!"

잠시 후에야 말뜻을 이해했는지 무지막지하게 얼빠진 목소리를 냈다.

"무, 무리예요! 절대로 무리! 저 같은 게 어떻게 학생회장을…."

"…어이, 시끄러우니까 이 녀석 좀 재워."

디르크가 그렇게 명령하자, 소년은 '왜 멋대로 명령하는 거야'라고 투덜거리면서도 코로나의 목을 가만히 쓰다듬었다.

"……?! 흠냐아….”

잠들 듯이 코로나가 푹 쓰러졌다.

"흐음~…. 우리야 상관없지만, 당신은 그래도 괜찮은 건가?"

고스가 의외라는 표정으로 보기에 디르크는 언짢게 혀를 차는 것으로 대답을 대신했다.

"너희가 알 바 아냐. 그보다 빨리 필요한 얘기나 해라. 나를 스카우트하러 왔겠지? 아슈타파의 개들."

그 순간에 주위의 온도가 훅 내려가는 것을 알 수 있었다.

고스도 소년도 본성을 드러냈다.

"오호…. 눈치가 빨라서 다행이네."

어둡고 비참하고 차가운 세계…. 그곳이 디르크가 몸담은 세계다.

아무리 멀어지려 해봐야 벗어날 수도 없고 벗어날 생각도 없다.

"좋아. 더럽게 마음에 안 들지만 패배한 개들끼리 손을 잡아보자고."

…디르크 에벨바인이 웃은 건, 그렇게 길지 않은 인생을 전

부 훑어봐도 이날 이 순간이 유일했다.

*

'왕룡성무제' 결승전이 끝난 후, 즉 애스터리스크 전역을 휩쓴 테러 사건 후의 1주일은 그야말로 격동의 시간이었다.

일단 결과만 보자면 금지편 동맹의 계획은 무사히 저지했다고 말할 수 있으리라.

후에 '비취의 황혼' 사건과 쌍을 이루듯 '금지의 오시' 사건이라고 불리게 되는 일련의 소동은 파괴 규모와 비교하면 기적적으로 한 명의 사망자도 내지 않고 종결되었다. 성렵경비대의 신속한 대응과 각 학교 학생들이 적극적으로 사태 수습에 참가한 것이 큰 요인으로 평가되었다. 결승전 당일 저녁이 되자 애스터리스크 전역에서 날뛰던 의형체들은 하나도 남김없이 활동을 정지했다. 하지만 1만 명 이상의 부상자는 물론이고 행방불명자도 여러 명 나왔으니 비참한 사건이라는 건 의심할 여지도 없다. 또한 그 행방불명자 중에는 마디아스 메사와 디르크 에벨바인의 이름도 포함되었다.

또한 '금지의 오시' 사건과 거의 동시에 전 세계에서 동시다발적 테러 사건이 발생한 것도 사람들의 기억에 큰 충격을 남겼다. 대규모 사건이 몇 건, 중소 규모까지 합치면 수십 건의 테러 사건이 일어났고, 이쪽은 안타깝게도 적지 않은 사망자를 냈다.

당연히 발표되지는 않았지만, 이쪽 테러 사건은 '발다=바오스'의 선동 때문일 가능성이 지극히 높다. '발다=바오스'가 파괴된 후에도 테러 사건이 발생했으니, '발다=바오스' 본인이 말했듯 일단 움직이기 시작한 열차는 멈출 수 없는 것이었을까. 아니면 '발다=바오스'의 능력으로부터 해방된 후에도 여전히 그럴 만한 뭔가가 그들에게 있었을까…. 그래도 만약 '발다=바오스'가 건재했다면 그 수 배 이상, 최악의 경우에는 수십 배의 규모가 되었을지도 모르니 그것을 막은 공적은 클로디아와 동료들에게 주어져야 마땅하다. 설령 비밀리에 처리된 사건이었다 하더라도.

일련의 사건들은 현장에서는 성렵경비대가 대응했지만, 정보공개에 관해서는 철저하게 각 통합기업재체가 합동으로 행하고 있다. 그렇기에 공식적인 발표로는 개요 정도밖에 파악할 수 없다고 봐도 무방하다.

주모자는 금지편 동맹이라 불리는 테러 조직이고, 사건 전후에 범행 성명이 없었기 때문에 목적은 불명(진위 불명이거나 명백한 편승을 노린 성명은 잔뜩 있었지만 여기서는 언급하지 않는다)이다. 단지, 세계 규모로 발생한 다른 테러 사건과 관계가 없다고 보기는 힘드니, 그 사건들과 마찬가지로 '성맥세대'

의 해방과 권리 확충을 요구하는 것으로 추측된다. 금지편 동맹의 멤버는 현재 조사 중이지만, 유력한 용의자는 이미 좁혀져 있고, 그중 몇 명은 무력화에 성공했다. 따라서 이 조직에 의한 테러가 재발할 가능성은 낮다…. 간단히 정리하면 통합기업재체가 발표한 정보는 이것이 끝이다. 굳이 평가를 내리자면 지극히 애매모호하고 구체적이지 않은 발표다.

사실은 실행 담당이었던 오펠리아, 당사자와 직접 대화한 아야토와 동료들, 그 쌍방의 증언에 의해 통합기업재체는 금지편 동맹이 하려던 계획의 전체상을 상당히 정확한 수준까지 파악하고 있다.

유일한 예외는 '발다=바오스'다. 자유의사를 가지고 인간의 몸을 빼앗아 타인에게 정신간섭을 한다는, 믿기 힘든 순성황식 무장의 존재는 수많은 증거가 있으면서도 입증되지 않았다. 아무튼 물증이 없으니까. 정신간섭의 피해자가 있다는 건 확인되었으니 그런 힘을 가진 모종의 능력자의 존재는 인정되었지만, 딱 거기까지였다. 그것의 존재가 밝혀지는 것을 두려워해 비밀리에 말소하는 것을 최우선 사항으로 여긴 긴가도 가슴을 쓸어내렸으리라. 어차피 클로디아의 말에 따르면 다른 통합기업재체도 어렴풋이 눈치는 챈 모양이고, 그렇기에 클로디아는 **'발다=바오스'의 잔해를 직접 처분했다고 한다.**

"이렇게 해두면, 여차할 때 저희의 안전을 지키는 고마운 아이템이 되잖아요?"

확실히 아야토와 친구들은 너무 많은 비밀을 알아 버렸다. 이자벨라는 안전 보장을 거래 조건으로 내세웠지만 어디까지나 최고경영 간부의 일원일 뿐이다. 언제 긴가가 마음을 바꿔 '발다＝바오스'의 비밀을 아는 아야토 일행을 말살하려 할지 알 수 없다. 그야말로 예전에 클로디아가 당했던 것처럼. 그걸 고려하면 '발다＝바오스'의 잔해라는 물증을 클로디아가 확보하고 있다는 건 큰 억지력으로 작용할 것이다.

화제를 바꾸어보자.

통합기업재체가 사건 전체를 파악하고 있으면서도 그런 불투명한 정보 공개로 일관한 이유는 클로디아의 설명에 따르면 흔히 말하는 '고도의 정치적 거래에 의한 결과'라고 한다. 주모자인 마디아스 메사는 세이도칸, 마찬가지로 주모자인 디르크 에벨바인과 실행범(미수)인 오펠리아 란드루펜은 레볼프, 정신간섭으로 자유의지를 잃었다고는 해도 육체적으로는 주모자였던 우르슬라 스벤드는 퀸벨, 마찬가지로 정신간섭을 받았다는 사정은 있어도 실행범으로 활동한 퍼시벌 가드너는 가라드워스, 테러에 쓰인 대량의 의형체를 제공한 에르네스타 큐네는 아르르칸트…. 금지편 동맹에 관여한 자는 관여도나 본인의 의사 여부를 제외하고 보면, 다섯 학교, 나아가 다섯 통합기업재체와 관계가 있다. 다른 통합기업재체를 비난하면 그것이 자신에게 그대로 돌아오게 되는 것이다. 물론 주모자가 소속되어 있던 긴가나 소르네주 등의 책임이 다른 학교에 비해서는 크겠지만 어디까지나 정도의 차이다. 이 사건에 얽혀 있다는 사실 자체가 발표할 수 없는 이유이기 때문이다. 그래서 이 사건에 관해서라면 서로의 이익을 위해 용의자, 관계자의 세부 사항은 덮어두는 방향으로 합의한 것이다. 유일하게 완전히 금지편 동맹과 무관계했던 지에롱만은 큰 우위에 서 있다고 할 수 있겠지만, 만약 이런 상황에서 은폐에 반대했다간 5대1의 상황이 되어 역으로 짓밟힐 수도 있다. 그보다 다른 통합기업재체에게 빚을 만들어두는 편이 이득이라고 결정했으리라.

상황이 그렇다 보니 금지편 동맹의 계획을 실질적으로 저지한 아야토 일행도 그 공적에 대해 별다른 보상을 받지는 않았다. 뭐, 대가를 바라고 행동한 사람은 누구도 없었으니 별다른 불만은 없었고, 오히려 이자벨라나 헬가, 하루카에게 멋대로 행동한 점에 대해 크게 꾸중을 들었지만.

한편 비밀리에 처리된 덕분에 얻은 장점도 있다. 금지편 동맹의 관계자가 공식적인 처벌을 받지 않았다면 거기에 거래의 여지가 있다는 뜻도 된다. 특히 정신간섭의 영향이 현저했던 우르슬라와 퍼시벌의 경우, 피해자라는 측면도 강했기에 클로디아의 절충으로 처분도 가벼워졌다. 이때 교섭 조건으로 아야토 일행은 각 통합기업재체와 몇 장이나 되는 비밀유지계약서를 써야 했지만, 그 정도는 싼 대가이리라.

이제부턴 조금 더 개인적인 이야기를 해보자.

아야토는 '식무제' 스테이지에서 탈출한 시점에 의식을 잃어, 사야가 부축해서 옮겨주었다고 한다. 아야토는 그렇게까지 체격이 큰 편은 아니지만, 그래도 사야가 '성맥세대'가 아니었다면 쉬운 일은 아니었으리라.

게다가 사야는 의식을 잃은 키린까지 발견해, 그 작은 몸으로 자기보다 큰 두 사람을 짊어지고, 때로는 질질 끌고. 때로는 잡아당겨 이동했다고 하니 고생은 이루 말할 수 없었을 것이다. 아무리 '성맥세대'라 해도 대형 황식무장을 가볍게 휘두르는 사야가 아니었다면 상당히 힘든 일이다.

그런데 사야에게는 그다음이 더 어려웠다고 한다.

"…길을 모르겠어."

그렇다. 사사미야 사야는 극도의 방향치이고, 가뜩이나 복잡기괴한 구조를 지닌 지하 블록을 혼자서 탈출하는 건 불가능에 가까웠다. 지하 블록에서는 일반 통신이 차단되어 있으므로, 어쩌면 아야토는 길을 헤매는 사야의 등에 업힌 채 숨을 거두었을 가능성마저 있었다.

그녀를 도와준 사람은 예상 외의 인물… 야부키 에이시로였다.

에이시로는 당시에 디르크 에벨바인이 있는 장소를 찾아 헤매는 도중이었을 텐데, 거의 잡을 수 있는 정도까지 추적했지만(어디까지나 본인 주장) 아쉽게도 비행선으로 도망쳐 버려, 그때부턴 클로디아의 지시로 아야토를 지원하러 갔다고 한다. 디르크를 놓친 일은 원래 아야토 일행의 작전에서 치명적인 문제라 할 수 있었지만, 유리스가 오펠리아의 마음을 움직여준 덕분에 큰 탈 없이 사태는 수습되었다.

하지만 이때 이미 사야는 '식무제' 회장을 떠나 지하 블록을 헤매고 있었는데, 아무리 에이시로라도 그렇게 간단히 찾아내기는 쉽지 않다. 그 부분을 캐묻자 에이시로는 시선을 피하면서….

"아, 음, 그건 말이야…. 너한테 준 크래킹 툴이 있잖아? 거기에 손을 써놨거든…."

즉, 위치정보를 볼 수 있는 특수한 코드를 심어놓았다는 뜻이다. 통신이 차단된 지하 블록에서도 발신이 가능했다는 건 나름대로 전문적이고 수준 높은 기술이 사용되었다고 해석할 수 있다. 이것은 사야뿐 아니라 아야토나 유리스, 키린, 클로디아에게도 다른 형태로 심어두었다고 한다. 언제나 어디에 있는지 에이시로에게 들킨 이유가 이거구나, 하고 그 말을 듣자마자 이제까지의 일들이 이해가 갔다.

당연히 사야는 격노했지만, 덕분에 목숨을 건지기도 했으니

그 자리에서는 꾹 참고 잔소리 몇 마디 하는 정도로 그쳤다고
한다.

"나도 어른이 다 되었다니까. 대선해."

그러면서 의기양양한 표정으로 사야는 고개를 끄덕거리며
말했다.

참고로 에이시로는 그다음 날 사야의 풀버스트에 직격당해
저 하늘의 별이 될 뻔했다.

치료원은 테러로 인한 부상자로 가득했지만, 빈사 상태였던
아야토는 최우선으로 치유능력자의 처치를 받아 구사일생으로
목숨을 건졌다. 키린도 아야토만큼은 아니었지만 상당한 부상
을 입었기에 응급처치를 받은 후에 치유능력자의 치료를 받았
다.

이때 실비아와 미나토도 치료원으로 이송되었지만, 둘은 중
상이긴 해도 목숨이 위태로울 정도까지는 아니라고 판단해 일
반 치료에 그쳤다. 이들은 나중에 면회했을 때도 여전히 여기
저기에 붕대를 감고 있어서, 아야토로서는 내심 미안한 기분이
들었다.

실비아는 '발다=바오스'에 육체를 빼앗긴 탓에 일시적 혼수
상태에 빠져 온종일 자고서야 눈을 떴다. 그녀가 구해낸 우르
슬라는 육체를 강탈당한 기간이 길어서인지 눈을 뜨기까지 닷
새 정도가 걸렸고, 실비아는 그 기간 내내 옆에서 지키고 있었

다고 한다. 겨우 눈을 떴을 때는 침대에 뛰어들듯 부둥켜안고
눈물을 흘리며 기뻐했지만, 우르슬라는 '발다=바오스'에게 몸
을 빼앗긴 동안의 일을 거의 기억하지 못해 상당히 곤혹스러워
했다고 한다.

단지,

"…아아, 하지만 꿈속에서 네 노래를 들은 기분이 들어."

그 한마디로 실비아를 더 펑펑 울게 했다고 한다.

그리고 그 사건, 즉 '왕룡성무제' 결승전으로부터 1주일이 지
난 오늘, 연기되었던 시상식이 열렸다.

*

"건배~!"

호텔 엘나스의 대형 홀.

시상식이 끝나고 열린 리셉션은 이전보다도 훨씬 성대했다.

이번 '왕룡성무제'가 대성황이었다는 것도 이유겠지만, 그
이상으로 '금지의 오시'의 상처로부터 관심을 돌리면서 동시에
부흥을 어필하고 싶다는 운영진의 계산도 있으리라.

이제까지의 리셉션은 학생회장을 제외하면 '성무제' 참가자
만 참석할 수 있었지만, 이번에는 참석자마다 한 명씩 추가 입
장이 허락되었다. 덕분에 키린도 이렇게 자리에 함께할 수 있

었다.

"그런 사건이 얼마 전에 있었는데도 대규모 파티를 열다니, 운영위원회도 대담한 건지 위기의식이 부족한 건지."

오백 명 이상의 인원이 쾌활하게 떠드는 홀을 스윽 둘러보고, 사야가 어이없다는 듯이 말했다.

"결국 마디아스 메사도 디르크 에벨바인도 행방불명인 상태니까 걱정되는 건 이해하지만, 운영위원회로서는 최대한 빨리 이번 사건의 기억을 지우고, 새로운 화제를 만들고 싶을 거예요. 무엇보다 그만큼 분위기가 좋았던 '왕룡성무제'를 어중간한 형태로는 끝낼 수 없으니까요. 부위원장님…. 아니, 새로운 운영위원장님도 필사적이거든요."

클로디아는 어딘지 속내가 있는 듯한 웃음을 지으며 입에 잔을 가져다 댔다. 참고로 안에 든 것은 무알코올 샴페인이다.

아야토 일행의 보고를 받고 성렵경비대는 곧바로 '식무제' 회장으로 대원을 파견했는데, 그때는 이미 스테이지가 완전히 붕괴되어 있었다고 한다. 그 후의 조사결과에 따르면 붕괴는 큰 폭발에 의한 것으로 단정되었지만, 마디아스의 시신을 발견할 수는 없었다. 폭발의 규모로 추정하면 시체도 남지 않고 날아가 버렸을 가능성이 크다고 한다. 지금은 행방불명으로 처리되었지만 언젠가 사망이 인정될지도 모른다.

"살아남았다면 살아남은 대로 통합기업재체로부터 완전히

도망치기는 어려울 거야. 이미 '발다=바오스'는 없으니까."

실비아가 테이블에 놓인 과자를 집어서 입으로 가져갔다.

"하, 하지만, 아무튼, 또 이렇게 모두 함께 모일 수 있어서 다행이에요…!"

여전히 이런 자리에는 익숙하지 않은지, 키린이 어딘지 긴장한 표정으로 말했다.

실제로 지난 1주일 내내 아야토와 관계자들은 돌아가며 헬가에게 조사를 받는 바람에 느긋하게 대화할 기회도 없었다. 단, 금지편 동맹의 계획을 저지한 공적이 있다고는 해도 그들이 반드시 좋은 상황에 있는 것은 아니었다. 어떻게든 수습해준 건 통합기업재체를 상대로 한 클로디아의 빈틈없는 교섭과 헬가의 정확하고 진지한 보고였다는 건 의심할 여지가 없다.

"그래. 누구도 빠지지 않고 다시 모일 수 있어서 다행이야."

아야토도 솔직하게 키린의 말에 동의했다.

"그렇게 되었으니… 다시 한번 말할게. '왕룡성무제' 우승 축하해, 유리스."

"…아, 으응. 고맙다, 아야토."

그렇게 말하면서 손에 든 잔을 들자, 옆에 있던 유리스는 조금 부끄러운 듯이 시선을 피했다.

"…뭐, 여기선 얌전히 축하한다고 말해주겠어."

"정말 축하해요, 유리스. 그리고 고마워요. 제가 학생회장을 맡는 동안에 설마 그랜드슬램 달성자가 나올 거라고는 예상하지 못했어요. 게다가 이번에는 오랜만에 종합우승까지, 그야말로 더 바랄 게 없네요."

"아~아, 오펠리아를 쓰러뜨리는 건 분명 나일 줄 알았는데…. 그래도 축하해!"

"정말정말 축하드려요! 제 눈으로 직접 보지 못한 게 아쉬울 정도로 멋진 시합이었어요!"

다른 사람들도 한마디씩 축하의 말을 건네며 유리스를 향해 잔을 들었다.

"아니, 그게… 그게 말이다. 내가 제멋대로 행동하는 바람에 너희한테 그런 피해를 끼쳤는데, 이렇게 순순히 축하를 해주니까 영 낯간지럽다고 할까, 창피하다고 할까…."

"…누구도 피해라고 생각하지 않아."

그 말을 듣고, 유리스는 살짝 놀란 표정으로 아야토를 똑바로 보았다.

그리고 천천히 다른 친구들에게로 시선을 옮겼다.

그 자리의 모두가 부드럽게 웃고 있었다.

"그런가…. 그렇군. 그렇다면 나도 이렇게 말하는 게 도리겠지. 모두 고맙다. 덕분에 나는 오펠리아를 구할 수 있었어."

유리스다운 올곧은 말.

그렇기에 유리스의 마음이 직접 전해져 온다.

"사실은 이 자리에 오펠리아도 올 수 있었다면 좋았겠지만⋯. 뭐, 그건 역시 무리겠지."

오펠리아는 결승전 직후에 고열을 내면서 쓰러져, 지금은 치료원의 격리병동에 입원해 있다. 투약을 중지한 데다 유리스와 싸울 때 터무니없는 기술을 사용한 탓도 있어 일시적으로 목숨까지 위험했지만, 콜베르 원장의 치료가 빛을 발했는지 간신히 고비는 넘겼다고 한다. 오펠리아는 몸에서 계속 장기가 발산되는 체질이라 처음에는 특수설비를 갖춘 전용실이 필요하지 않을까 걱정했지만, 독소의 양과 농도가 급속도로 감쇠하고 있다는 모양이다. 입원 중에 경비대의 조사도 받고 있는데, 거기에도 성실하게 임하고 있다.

아무리 미수라 해도 오펠리아는 대량학살계획의 실행 담당이었고, 금지편 동맹의 중요한 일원이다. 공식적인 처벌은 없겠지만 통합기업재체가 엄중하게 감시하고 있으니, 입원하지 않았다 해도 이 자리에 참석할 수는 없으리라.

"그렇다면 나도 우르슬라를 데리고 오고 싶었는데~"

그렇게 말하며 실비아도 입을 뾰로통하게 내밀었다.

우르슬라도 일단 통합기업재체의 감시를 받고 있지만, 그녀는 자유의사가 박탈되었을 정도로 심한 정신간섭을 받았다는 사실이 의학적으로도 확인되었기에 오펠리아에 비하면 그렇게까지 엄중하지 않다. 이번에 오지 못한 이유는 단순히 콜베르

원장이 허락하지 않았기 때문이다.

"환담 도중에 실례합니다."

그때 가라드워스의 교복을 입은 무리가 나타났다.

"이번에 저희 학교의 소중한 일원에게 배려를 베풀어주신 점에 대해, 감사 인사와 함께 그분이 끼친 피해를 본인을 대신해 사과드리러 왔습니다."

선두에 선 엘리엇 포스터가 깊이 고개를 숙였다.

이건 물론 퍼시벌에 관한 이야기다. 그녀는 우르슬라보다 정신간섭에 의한 마음의 상처가 커서, 아직도 치료원에서 혼수상태에 있다고 들었다.

각 학교의 수뇌부에게도 금지편 동맹의 계획이나 세부 내용은 비밀로 되어 있지만, 역시 개요 정도는 전달받은 듯하다.

"아니, 그녀도 피해자니까 그렇게까지 하지 않아도…."

"아니! 꼭 해야겠어요! 인사든 사과든 그냥 얌전히 받으세요!"

아야토의 말을 가로막듯 레티시아 블랑샤르가 앞에 나섰다.

어떻게 봐도 고맙다는 인사를 하는 말투가 아니었다.

"어머나…. 여전히 고압적이네요, 레티시아는."

"그렇게 말하는 클로디아야말로 상당히 무모한 짓을 저지르지 않았나요? 자세한 사정까진 알 수 없지만, 대충 상상은 가요."

"후후, 그런가요."

클로디아와 레티시아는 서로 사이좋게 따끔따끔한 웃음을
날렸다.

레티시아 외에도 노엘 메스메르나 어니스트 페어클럽을 필
두로 한 선대 은익기사단 멤버들도 다들 모여 있다.

"들자하니 그녀를 막아주신 건 토도 씨라고 하던데요. 어떻
게 감사의 말씀을 드려야 할지 모르겠습니다."

"아, 아니에요! 저는 제가 할 수 있는 일을 했을 뿐인데…!"

다시 고개를 숙이는 엘리엇에게 키린이 어쩔 줄 모르겠다는
표정으로 고개를 붕붕 저었다.

"용케 그 '성창'을 발동시킨 가드너 선배에게 이겼군요."

"어쩌다 보니 운이 좋았다고 할까요…. 솔직히 제가 졌어도
전혀 이상하지 않았어요."

그건 겸손이 아니라 사실이리라. 키린은 싸움에 관해서라면
무의미한 겸손을 떨지 않는 성격이니까.

그게 전해졌는지, 엘리엇은 한 번 키린의 눈을 똑바로 바라
본 후에 발걸음을 돌렸다.

"언젠가 당신과도 검을 겨뤄보고 싶습니다."

그런 말을 남기고서.

"하하, 젊다는 건 좋구나. 너희 덕분에 내 귀여운 후배가 쭉
쭉 성장하고 있어."

본인도 아직 젊은 어니스트가 정중하게 고개를 숙인 후에 그

뒤를 따랐다.

"…하여간, 이럴 줄 알았다면 조금 더 현역으로 있을 걸 그랬지."

떠나가면서 어니스트의 눈동자에 날카로운 검기가 반짝인 것을 아야토는 놓치지 않았다.

"대체 뭔 소리람. 지금도 쌩쌩한 현역인데."

실비아의 어이없다는 듯한 중얼거림에 아야토와 키린도 전적으로 동의했다.

"냐하하! 다들 건강하게 지내고 있었냥!"

"아아, 정말, 에르네스타! 너무 떠들지 마, 창피하니까."

가라드워스와 교대하듯 다가온 무리는 언제나 떠들썩한 아르르칸트 멤버들이었다.

에르네스타 큐네, 카밀라 파레토, 그리고 자율식 의형체인 알디와 림시, 레나티도 함께였다.

"사야! 놀자, 놀자!"

사야의 얼굴을 보자마자 레나티가 강아지처럼 뛰어들었다.

"여기서는 무리야. 그보다 난 지금 보유 중이던 황식무장이 전부 고철이 되었어. 고작 1주일 정도로 전부 고칠 수 있다고 생각하면 곤란해."

사야는 그렇게 투덜거리면서 떼어내려 했지만 꿈쩍도 하지 않는다.

사야도 꽤 사랑받는구나.

"하하하! 나의 여동생은 오늘도 러블리하군!"

"네, 그러게요. 제 옆에 선 무능한 멍청이가 이 귀여움의 백만 분의 1이라도 가지고 있었다면, 저도 조금은 마음이 평온한 날들을 보낼 수 있었을 텐데요."

알디와 림시의 대화도 평소와 다름이 없었다.

"그러고 보니 둘은 이번 사건 때 누나를 도와주었다고 하던데. 고마워."

하루카가 비행선 선착장을 사수할 때 알디와 림시에게 도움을 받았다는 이야기를 들었다.

"하하, 별말씀을! 우리는 마스터의 명령에 따랐을 뿐이지요!"

"그래요. 딱히 인사를 들을 만한 일은 아니에요. 꼭 인사를 해야겠다면 마스터께."

그렇게까지 말한다면 어쩔 수 없다.

카밀라에게 목덜미를 잡혀 고양이 같은 자세로 서 있는 에르네스타를 마주 보자, 그녀는 파닥파닥 손을 흔들었다.

"아~ 됐어, 됐어~ 그건 내가 자기 보신을 위해서 했을 뿐이니까~"

이런 이야기를 숨기지 않고 하는 게 에르네스타답다. 돌이켜 보면 처음 만났을 때도 그랬다.

"그러게. 이 녀석이 이렇게 당당하게 밖에서 나다닐 수 있는 것도 최대한의 자기 보신을 꾀한 결과지."

"그래도 역시 상당한 비난을 받기는 했지요?"

클로디아의 말대로, 지금도 여기저기서 알디를 향해 험악한 시선이 쏟아지고 있다.

'금지의 오시' 사건으로 그만큼이나 날뛴 의형체들과 외모가 똑같으니 어쩔 수 없는 일이리라. 통합기업재체가 아무리 자세한 내막을 은폐하려 들어도 이것만은 숨길 방법이 없다. 관계성이 공표되진 않았지만 에르네스타나 아르르칸트에는 당연히 비판이 쇄도하고 있고, 이번에 가장 난처한 처지에 있는 학교라고도 할 수 있다.

"그것도 상관없어~ 이렇게 되는 것도 다 예상한 범위 안이니까~"

"…무슨 소리야?

레나티를 상대하던 사야가 의아하다는 듯이 에르네스타를 보았다.

"냐하하, 그건 비,이,밀! 굳이 말한다면, 장기적 관점에 근거한 전망의 포석이라고 할까냐~"

해맑게 말하면서도 음모를 꾸미고 있다고 어필하는 데에 전혀 거리낌이 없다. 이것도 또한 에르네스타의 한 측면이라고 할 수 있으리라.

"아아, 맞다, 사야. 조만간 아르르칸트에 있는 내 연구실에 오지 않을래? S모듈이었던가…. 거기에 영감을 받아서, 나도 히니 째미있는 깃을 민들있거든. 아식 시험세삭품이긴 히시만…."

"오오, 그거 흥미로운걸."

카밀라와 사야가 그런 약속을 나눈 후에 아르르칸트 일행도 다른 곳으로 갔다.

"호호호. 떠들썩하구나. 천객만래라는 말이 딱 어울리지 않느냐?"

"앗!"

이번에 나타난 사람은 '만유천라' 판싱루가 이끄는 지에롱의 강자들이었다.

'사취성무제'에서 상당히 고전했던 팀 황룡의 우샤오페이, 자오후펑, 세실리 윙, 그리고 '봉황성무제'에서 힘든 싸움을 벌였던 리셴윤과 리셴파 쌍둥이도 있었다.

"어머나, 공주가 이런 자리에 나온다니 드문 일인걸."

"그러네요. 조금 놀랐어요."

같은 학생회장이라 면식이 있는 실비아와 클로디아가 의외라는 표정으로 이 어린 소녀를 보았다.

"그야 이번 '왕룡성무제'는 특별하니까. 내가 양산박에서 단련시켜준 애송이 녀석들도 격려해줄 필요가 있고 말이다."

그렇게 말하며 깔깔거리며 웃었다.

양산박. 바로 이번 '왕룡성무제'를 목표로 싱루가 점찍어둔 다른 학교 학생들을 실천으로 단련시킨 장소다. 그중에서도 대표자가….

"특히 유리스. 결승전에서 보여준 모습은 기대 이상이었다. 용케 자신을 그 경지까지 끌어올렸구나."

"…아니, 네 덕분이야. 나 혼자로서는 아무리 수행을 했어도 거기까지는 도달하지 못했을 테니까. 고맙다."

유리스가 내민 손을 싱루는 씩 웃으며 맞잡고… 갑자기 어두운 표정을 시었다.

"흠…. **혹시나 했지만, 역시 그런 게냐.**"

"역시 너한테는 숨길 수가 없군."

유리스는 어딘지 쓸쓸한 듯이 웃으며 눈을 내리깔았다.

"뭐, 그렇게 됐다. 미안하지만 너하고 한 약속은 못 지킬 것 같아. 물론 지금의 나라도 상관없다면 할 수도 있지만…."

"아니, 됐다. 용서하마."

싱루는 한숨을 내쉬더니 작게 고개를 가로저었다.

"그런 좋은 모습을 결승전에서 보여주었잖느냐. 충분하다."

'…대체 무슨 소리지?'

아야토가 의아해서 입을 열려고 한 순간….

"저, 저기, 실비아 씨! '왕룡성무제'에서 부르신 신곡, 전부

182

너무 좋았어요! 특히 준준결승에서 우정을 주제로 노래하신 곡이 정말 최고라서…! 그거, 라이브에서도 들을 수 있을까요?!"

후펑이 니는 곳 참셨나는 기세토 실비아에게 발을 설었다. 그는 실비아의 광팬이다.

"하여간 후펑, 너는…."

세실리가 그런 후펑에게 손이 많이 가는 동생을 보는 듯한 따뜻한 눈빛과 그것과는 살짝 다른 감정이 담긴 토라진 눈빛을 동시에 보냈다.

"토도 키린, 예전에도 말했지만 너에게는 빛이 있다. 가능하다면, 언젠가 다시 겨뤄보기를 청하고 싶은데…."

한편 어느새 옆에선 샤오페이가 키린에게 재대결을 신청하고 있었다.

"그, 그거라면, 저로서도 꼭 부탁드리고 싶지만…. 지금의 저로, 과연 만족하실 수 있을지…."

키린은 순성황식무장 '후다라쿠'에 비축한 검기를 전부 다 써버렸다. 단순히 기량만을 겨루는 승부라면 없어도 괜찮겠지만, 샤오페이가 원하는 것은 전력을 다하는 싸움일 테니까.

"아니, 지금 당장 하겠다는 건 아니다. 서로 만전의 상태에서, 겨룰 수 있기를 바란다."

샤오페이도 눈치를 챘는지 그렇게 덧붙였다.

"아까의 '빛의 검'도 그렇고, 키린은 인기 폭발이구나."

"따, 딱히 그런 건…!"

사야가 놀리듯 말하자 키린은 새빨개진 얼굴로 흘끔흘끔 아야토를 올려다보았다.

그렇다. 모든 게 정리된 지금은 아야토도 대답해야 한다. 키린뿐 아니라 모두에게.

"하여간 다들 대체…."

"…뭘 저렇게 친한 척하는 건지."

한편, 조금 떨어진 곳에서는 쌍둥이가 불만스러운 표정으로 접시에 요리를 잔뜩 담아 먹고 있었다. 이쪽은 이쪽대로 전혀 변하지 않은 모습을 보니 어딘지 안심하게 된다. 그야 이 쌍둥이가 서글서글한 태도로 사람을 대하는 모습은 상상도 가지 않으니까.

"오, 겨우 찾았네. 사람이 워낙 많아야지."

"어이, 야부키. 혼자서 멋대로 가버리지 말라고! 그보다 이 인파 속에서 누구하고도 부딪히지 않는다니, 대체 어떻게 걷고 있는 거냐!"

이어서 나타난 사람은 에이시로와 레스터.

그리고….

"이런 곳에 있었구나! 아오, 찾느라 엄청 고생했네."

"어, 언니! 잠깐만 기다려줘!"

이레네 우르사이스와 프리실라 우르사이스 자매.

이 두 팀이 거의 동시에 나타났다.

"…여어, 이레네 우르사이스."

"이 자식… 레스터 맥페일."

레스터와 이레네가 뜨거운 시선을 맞부딪쳤다.

예전에 '봉황성무제'에서, 최근에는 이번 '왕룡성무제'에서 이 둘은 서로에게 악연이 있다. 예전에는 이레네가 이기고 이번에는 레스터가 이겼다. 1승 1패, 반반. 그렇다면 양쪽 다 양보할 수 없겠지.

"언니, 굳이 말할 필요도 없겠지만 여기서 싸우면 안 되거든?"

일촉즉발의 분위기에 겁먹지 않고, 프리실라가 한 걸음 앞으로 슥 나섰다.

"윽…! 나도 알아, 프리실라. 시비 걸려고 온 건 아니니까."

이 자매의 파워 밸런스는 겉보기와 정반대로 동생 쪽이 훨씬 강하다. 이레네는 맥도 못 추고 물러서고, 그 대신 아야토와 일행을 마주 본 프리실라가 꾸벅 고개를 숙였다.

"갑자기 소란을 피워서 죄송해요. 맥페일 씨, 언니가 실례가 많았어요."

"그, 그래…."

이렇게 되면 레스터도 역시 아무 말 없이 물러서는 수밖에 없다.

"으음, 여러분, 정말 축하드려요. 그랜드슬램 달성도 시즌 종합우승도 정말 대단해요."

다른 꿍꿍이나 계산이 일절 없는 심플한 찬사였다.

"그래, 고마워."

그래서인지 유리스도 순순히 그 말을 받아들였다.

"하지만 프리실라도 대단했어. 실비아랑 벌였던 시합."

"응응, 강적이었어."

아야토의 칭찬에 실비아가 고개를 크게 끄덕거리며 찬동했다.

"앗! 보셨나요…?"

"물론이지. 강해졌구나, 프리실라."

"으읏…."

그 말에 프리실라는 두 손을 가슴 앞에서 꽉 쥐고서 뭔가를 억누르듯 잠시 눈을 감았다.

"고맙습니다…!"

그런 프리실라의 어깨를 이레네가 말없이 끌어안았다.

실제로 프리실라는 '성맥세대'라고는 하지만 몇 년 전까지 거의 전투경험이 없었던 초보자였다. 그런데도 이런 단기간에 기초부터 힘을 길러 (양산박이라는 특별한 단련의 장이 큰 역할을 했다고는 하지만) 실비아를 상대로 그 정도로 선전했다는 건 정말로 감탄스러운 일이다. 범상치 않은 노력이 필요했을 것이다.

'언제까지고 언니한테 보호받을 수는 없잖아요.'

인센가 익원세에서 프리실타가 한 밀을 뼈올렸나. ㅗ아빌도 그 말을 행동으로 옮긴 것이다.

"그런데 유리스. 설마 그 약속, 잊지는 않았겠지?"

이번에는 우르사이스 자매의 이야기가 끝날 때까지 참을성 있게 기다린 레스터가 앞에 나섰다.

"그거라면…. 아니, 그렇군. 좋아. 언제든 원하는 때에 덤벼라. 약속대로 상대해줄 테니까."

"좋아, 그렇게 나오셔야지!"

레스터는 주먹으로 반대쪽 손바닥을 두드리며 기쁜 듯이 활짝 웃었다.

"뭐? 어이, 레스터 맥페일. 너 '화염의 마녀'한테 결투를 신청하는 거냐? 혹시 결승전 안 봤어? 오펠리아 란드루펜을 이긴 여자라고, 이 녀석은. 너 따위가 상대가 될 리가 없잖아."

"시끄러워! 나한테는 내 사정이란 게 있다고! 제삼자는 입 다물고 있어!"

"어어? 너 지금 뭐라고 했냐!"

다시 눈싸움을 시작하는 레스터와 이레네.

"아하하, 너희랑 있으면 정말 따분하지가 않다니까. 언제나 뭔가 사건을 가지고 오니까."

머리 뒤에서 두 손을 깍지 낀 채 그 모습을 즐거운 듯이 바라보면서 에이시로가 아야토를 곁눈질했다.

"그건 카게보시의 에이전트로서 가진 인상이야? 아니면 신문부원으로서의 견해야?"

"아니, 단순한 악우(惡友)로서의 감상이야."

그렇게 말하면서 에이시로는 씩 웃었다.

그 후로도 아야토 일행에게는 지인이나 친구들이 계속해서 찾아왔다.

경비를 맡아 회장을 순회하던 헬가와 하루카, 미나토와 유즈히를 비롯한 팀 카구야의 멤버들…과 바이올렛 와인버그, 교사 야츠자키 쿄코, 사야의 후배라는 쿠즈쿠라 누에코, 싱루 일행과는 따로 혼자 인사하러 온 우메노코지 후유카, 어떻게 회장에 들어왔는지 의문인 루살카 멤버들, 게다가 이번 '왕룡성무제'에서 해설을 맡았던 자하룰라까지.

수많은 사람과 계속해서 환담을 나누다가 간신히 한숨 돌리며 일행은 살짝 도망치듯 대형 홀에서 이어진 정원으로 나왔다. 친구나 지인이 아니라 면식이 없는 사람들까지 다가왔기 때문이다. 역시 거기까지는 상대해줄 수 없다.

"이거야 원… 겨우 풀려났네."

"후훗, 고생하셨어요. 하지만 이것도 그랜드슬램 달성이라는 위업을 이룬 사람의 숙명이라고 받아들이세요."

크게 기지개를 펴고 몸을 푸는 유리스에게 클로디아가 놀리듯이 웃으며 말했다.

"제발 좀 봐줘…."

"무슨 말씀, 세이도칸으로서는 최대한 그 간판을 홍보에 이용하고 싶은걸요."

한겨울의 공기는 살을 에듯 차갑고, 내뱉는 숨은 하얗다.

고개를 드니 눈부신 호텔의 빛 너머로 커다란 달이 떠 있었다.

"그러고 보니 회장에 요리가 그렇게 많았는데 먹을 시간이 전혀 없었어…. 이렇게 부조리할 수가."

"아, 그, 그럼, 기숙사로 돌아가면 야식이라도 만들까요?"

"오~ 그거 고맙지."

"그다지 대단한 건 준비할 수 없지만요…."

어지간히 배가 고픈지 기쁜 얼굴로 배를 움켜쥐는 사야와 쓴 웃음을 지으면서 달래는 키린.

은은하게 라이트업된 정원을 천천히 걸으며 마음 편히 잡담을 나누고 있자니, 혼자 생각에 잠겨 끝에서 따라오던 실비아가 갑자기 걸음을 멈췄다.

"…실비?"

아야토가 부르자 실비아는 한 번 시선을 내리깔더니, 긴 한

숨을 내쉬고 얼굴을 들었다.

"음~ 어떻게 할지 망설였지만, 이제 이런 기회는 그다지 없을 것 같으니까…. 뭐, 상관없으려나."

그리고 아야토를 가만히 바라보면서, 부끄러움을 감추는 듯한 웃는 얼굴로 말했다.

"…좋아해, 아야토. 괜찮다면 내 특별한 파트너가 되어주지 않을래?"

"……!"

생각지 못한 기습공격에 아야토는 저도 모르게 굳어 버렸다.

정원의 오솔길에서, 희미하게 비치는 달빛을 받은 실비아는 저도 모르게 숨을 삼킬 만큼 아름다웠다.

"…호오, 이, 이런 타이밍에 고백이라니."

"저희가 보는 앞에서 저지르다니, 적이지만 담력만은 인정해야겠네요."

"…이건 또 제법인걸."

"으아아…!"

다른 사람들도 상당히 놀랐는지 그 자리에 멍하니 서 있었다.

"그야 다른 사람들은 이미 마음을 전했잖아? 그 정도는 알거든. 그렇다면 나만 그 출발선에 서 있지 않다는 건 싫어서."

실비아의 말은 너무나 진지하고 올곧았다.

그런 만큼 아야토도 진지하게 받아들여야 한다. 모든 문제가 정리된 지금은 다른 사람들에게도 제대로 된 대답을 하는 것이 예의다.

　어느새 실비아뿐 아니라 다른 모두도 진기한 표정으로 아야토를 바라보고 있었다.

　실은 답은 이미 정해져 있었다.

　하지만 막상 전하려고 하니 숨이 막히는 듯한, 뭐라 말하기 힘든 감각이 몸을 지배한다.

　아야토는 유리스의, 클로디아의, 사야의, 키린의, 실비아의 얼굴을 바라보며 천천히 입을 열었다.

　"나는…."

학전도시
앤스터리스크

제6장

새로운 날들

3년 후, **신개발 구역.**

야츠자키 쿄코는 감개무량한 표정으로 새로 단장한 지역을 둘러보면서 메인스트리트를 걷고 있었다.

"이거 참, 변할 때는 변하는구나."

예전에는 재개발 구역으로 불리며 장기간 방치된 폐허가 늘어서 있던 거리, 불량배와 악당의 소굴이었던 장소는 이제 흔적도 남지 않았다. 쭉 늘어선 깔끔한 건물들을 관광객이나 학생들이 안심한 표정으로 다니는 모습에선 피와 폭력으로 물든 예전 풍경이 도저히 연상되지 않았다.

레볼프 출신인데 세이도칸에서 선생님을 하는 특이한 이력을 가진 쿄코도 학생 시절엔 꽤 거친 삶을 살았다. 쿄코가 리더를 맡았던 여성폭주족 팀도 당시에는 이 재개발 구역에서 유명한 존재였다.

"뭐~ 그래도 감상을 빼고 보면 좋은 일이긴 하지…."

약간 쓸쓸하긴 해도 지금의 쿄코는 어엿한 교육자다. 치안이 개선되었다는 건 당연히 기뻐할 일이다.

원래 재개발 구역은 '비취의 황혼'으로 불리는 테러 사건으로 황폐해진 공간이었는데, 복잡한 이해관계 때문에 뒤처리가 지연된 틈을 타 레볼프를 비롯한 각 학교의 낙오자들이 자연스럽게 모여들어 형성되었다. 그러다 보니 그곳 일부에 환락가라고 불리는 비합법 점포가 늘어선 거리가 생겨나고, 그곳을 자금원으로 삼은 마피아나 갱들이 활보하고, 그들과 도시 상층부가 결탁해 있느새 누구도 손델 수 없게 된 섯이나.

그런 상황이 변모한 계기는 뭐라 해도 3년 전에 일어난 '금지의 오시' 사건이다. 테러 사건의 어두운 그림자를 불식할 필요성이 생긴 도시의회는 큰 피해를 입은 항만시설이나 공공교통기관의 부흥에 편승해 재개발 구역의 재개발(꼭 말장난 같지만)을 새로운 사업의 핵심으로 내세웠다.

물론 재개발 구역을 자기 땅으로 여기던 비합법 조직은 수긍하지 않고, 철저하게 저항하겠다는 태도를 보였다. 그들은 아마 얕보고 있었을 것이다. 재개발 구역을 어떻게 해보려는 움직임은 과거에도 몇 번이나 있었지만 이제까지 성공한 적이 없었으니까.

하지만 이번에는 사정이 달랐다. 재개발 구역을 통해 가장 많은 이득을 얻던 레볼프가 재개발 찬성으로 돌아섰기 때문이다. 그건 레볼프 학생회장의 한마디가 계기가 되었다고 한다. 당시 행방불명 상태였던 디르크 에벨바인을 대행해 학생회장 자리에 있던 사람은 카시마루 코로나였는데, 그녀는 이 건에 관해서 공개 인터뷰에서 이렇게 대답했다.

"네? 아, 그야 위험한 장소는 없애는 편이 좋지 않을까요? 좋다고 생각하는데요, 재개발."

이런 말은 좀 그렇지만 머릿속에 뭐가 들었는지 궁금한 발언이다. 코로나는 자신의 입장을 일절 고려하지 않고, 그저 자신의 감정에 따라 코멘트했을 뿐이리라.

사실 코로나는 학생회장으로선 철저하게 이름뿐이었기에 정무능력도 거의 갖추지 못했지만, 그런 만큼 소르네주의 의향과도 완전히 분리되어 있었다. 누구도 그녀에게 기대하지 않았고, 그녀가 뭔가를 할 수 있을 것이라는 생각도 하지 않았다. 레볼프의 학생회장 임명권은 서열 1위에게 있는데 당시 1위인 오펠리아는 입원해 있었다. 즉 권력의 공백기였던 것이다. 어차피 금세 교체될 운명인 무력한 존재에게 누가 신경을 쓴단 말인가. 그래서 그녀는 자기 생각대로, 누구의 제지도 받지 않고 그런 발언을 할 수 있었다.

가장 큰 걸림돌에게 그런 식으로라도 언질을 얻은 도시의회는 성렵경비대의 역량을 총동원해 재개발 구역을 제압. 이렇게 해서 악인들의 낙원은 종말을 맞이하게 된다.

그리고 이때 가장 완강하게 저항했던 마피아 '오모 네로'의 두목 로돌포 조포는 격전 끝에 바로 그 아마기리 하루카에게 체포되어, 한동안 그녀의 활약이 뉴스를 화려하게 장식했다.

"아, 여기인가."

쿄코는 메인스트리트 한구석에 있는 작은 카페 앞에서 멈춰 섰다. 큰길에 면한 벽은 개방감이 있는 통유리고, 대조적으로

문은 시크하고 묵직한 금속이었다.

"어서 오…. 켁! 야츠자키 선생님…?!"

문을 열자, 카운터 너머에서 수염 난 거구의 남자가 노골적으로 얼굴을 찌푸리며 맞이해주었다.

"호오~ 레스터 맥페일. 졸업했더니 눈에 뵈는 게 없나? 이렇게 일부러 개업을 축하하러 와줬더니만."

"아… 그건, 저기… 정말, 감사드립니다."

"흥, 어울리지도 않는 수염이나 기르고 말이야."

그렇게 말하면서 레스터 앞에 있는 의자에 앉았다.

가게 안을 가볍게 둘러보니 자리가 적은 대신 간격을 크게 띄워 놔, 내부가 넓지 않은데도 여유로운 분위기를 연출하고 있었다. 테이블이나 가구, 인테리어 소품들도 문외한인 쿄코가 봐도 알 수 있을 만큼 분위기와 잘 어울렸다.

"네 주제에 센스가 제법이잖아."

"…뭐, 이걸 제가 골랐겠습니까."

"하하, 그럴 거라고 생각했다."

그렇게 말하면서 쿄코는 낄낄 웃고, 카운터에 턱을 짚었다.

"그러고 보니까 그… 우르사이스 자매였던가. 걔네도 이 근처에 가게를 냈다면서?"

"그런 것 같던데요. 꽤 평판이 좋답니다. 잘 모르지만요."

그다지 유쾌하지 않다는 표정으로 레스터가 코웃음을 쳤다.

악연이 깊은 상대라서인지 솔직하게 칭찬하려니 마음에 거슬리는 모양이다.

자국 요리를 대접하는 작은 가게라고 하는데, 그쪽에 별 관심이 없는 쿄코한테까지 평판이 들려올 정도다. 꽤 싸고 맛있는, 가정집 같은 가게라고 한다.

"뭐, 이레네 우르사이스가 접객을 하는 모습은 꽤 웃겼지만요."

자매가 경영하는 가게는 동생이 주방을 맡고, 악명 높았던 언니가 에이프런을 입고 웨이트리스를 하고 있다고 한다. 한번쯤은 보고 싶기도 하다.

"뭐야. 말로는 잘 모른다고 하면서 가보긴 했나 보네?"

"그, 그야 아주 모르는 사이도 아니니 어쩔 수 없잖아요!"

"게다가 외모가 접객에 안 어울리는 거라면 너도 남 말 할 처지는 아니잖아?"

"큭…!"

본인도 자각은 있는지, 레스터는 제대로 대꾸도 못 하고 그 큰 몸을 움츠리며 어깨를 늘어뜨렸다.

쿄코는 그런 레스터를 보고 쓴웃음을 짓고는 조금 진지한 표정으로 물었다.

"이제 늦었지만… 후회는 안 해? 너는 '성무제' 참가 자격도 남아 있었어. 대학부에 진학하면 한참 더 현역이었을 텐데."

"아뇨…. 저는 그 정도가 한계였어요."

"서열 5위를 그 정도라고 말하다니 제법인데~"

"그건! 유리스가…!"

그때까지는 표정에 불만이 가득한데도 어찌어찌 잘 참던 레스터가 분노를 드러내며 주먹을 카운터에 내리쳤다. 카운터 가장자리에 정돈되어 있던 컵이 덩달아 귀에 거슬리는 소리를 냈다.

레스터는 세이도칸에 다니던 중, 마지막 공식 서열전에서 유리스에게 승리했다. 그랜드슬램 달성자에게 이겼으니 당연히 큰 화제가 되었지만 레스터는 그 승부 결과를 아직도 받아들이지 못하는 모양이다.

"딱히 유리스가 봐주면서 싸운 건 아니잖냐. 이긴 건 이긴 거야, 자랑스럽게 여겨야지."

"그건 알고 있지만요."

여전히 무뚝뚝한 표정으로 레스터가 도망치듯 시선을 피했다.

"뭐야… 꽤 시끌벅적하네."

그때 가게 안쪽에서 검고 긴 머리의 여자가 나른한 모습으로 나타났다. 눈꼬리가 내려간 요염한 미녀지만 어딘가 덧없는 느낌도 있었다.

"여어, 멜리사."

"아… 쿄코였구나. 왔어?"

멜리사 스트라우흐…. 아니, 지금은 제자의 아내가 된 멜리사 맥페일은 레볼프 사상 유일하게 '사취성무제'에서 우승했던 팀 이클리히트의 일원이자 쿄코의 친구다.

"에이, 그야 얼굴 정도는 보러 와야지. 친구가 엄마가 되었다는데."

그녀의 품에선 앙증맞은 갓난아기가 편안한 숨소리를 내며 자고 있다.

"오~ 역시 멜리사의 아이야. 아주 귀엽네."

"…제 아이기도 하거든요."

더욱 진한 무뚝뚝함을 드러내며 레스터가 중얼거렸지만, 멜리사에게서 아들을 넘겨받자 허둥거리며 금세 표정이 누그러졌다.

"쿄코, 언제나 마시던 걸로 줄까?"

"응, 부탁해."

멜리사는 에이프런을 두르더니 그렇게 말하고 커피콩을 갈기 시작했다.

멜리사는 예전에 환락가에서 카페를 운영했다. 그때 쿄코도 자주 이용했는데, 그 시절에 좋아하던 메뉴를 기억한 것이다. 이 새로 연 가게도 점장은 멜리사고 레스터는 어디까지나 종업원이다.

"아무튼 하던 이야기를 마저 하자면…. 너한테도 왔지? 유리스가 보낸 초대장."

"네, 뭐… 일단은."

레스터는 초보 아빠답게 깃난아기를 안는 동작도 아직 서투르다.

"갈 거냐?"

"설마요. 이제 막 오픈한 가게를 얼씨구나 하고 내던지고서 리젤타니아로 간다는 게 말이 됩니까."

"나는 신경 쓰지 말고 가라고 했는데. 어차피 여기에 있어봐야 크게 하는 일도 없거든."

"으…."

등 너머로 꽂히는 신랄한 한마디에 다시 레스터의 우람한 어깨가 축 처졌다. 멜리사의 독설은 확실히 날카롭지만 어디까지나 친한 사람한테만 그런 식으로 말한다. 뭐, 굳이 알려줄 이유도 없지만.

"자, 여기."

멜리사가 내민 컵에서 향긋한 냄새가 피어올라 쿄코의 코를 간지럽혔다.

향을 만끽하며 입에 머금어 보니, 쓴맛은 약하고 산미가 강하다. 예전에 쿄코가 즐겨 마시던 맛 그대로였다.

"응, 맛있어. 이 수준이면 좀 더 사람이 바글바글해야 할 텐데…."

그렇게 말하면서 쿄코 말고는 손님이 없는 실내를 둘러본다.

"오늘은 장사가 될 만한 날이 아닌걸. 평소에는 이렇게까지 한가하진 않거든?"

"맞아요. 어차피 오늘은 다들 회장이나 거리에 설치된 대형 공간 스크린 앞에 모여 있을 테니까요. 그보다 선생님이야말로 회장에 안 가셔도 되나요?"

"에이, 걔가 내 담당도 아닌데. 그야 '사취성무제' 때 팀전 지도를 조금 해주기는 했지만."

그때 문이 열리고 통통한 학생이 데굴데굴 구르듯 가게에 들이왔다.

"이야~ 춥다, 추워. 레스터, 언제나 먹던 거 부탁…. 앗, 으엑! 야츠자키 선생님?!"

"어이쿠, 이게 누구셔. 랜디 후크잖아."

예전에 레스터의 추종자였던 녀석인데, 아직도 잘 지내는가 보다.

"그런데 왜 내 제자들은 다들 내 얼굴을 보자마자 괴상한 소리를 지르는 거지?"

"쿄코가 그럴 만한 선생님이니까 그러는 거 아닐까?"

"윽…."

멜리사의 독설이 이번에는 쿄코에게 꽂혔다.

레스터와 랜디가 정답이라는 표정으로 몇 번이고 고개를 끄덕였다.

✦

　시리우스돔, 세이도칸 학원 특별관전실.

　"…여기까지, E=P 관련 보고였습니다."

　에이시로가 말하자 그의 주인… 클로디아 엔필드는 방긋 웃으며 그 늘씬한 다리를 고쳐 꼬았다.

　"고생 많았어요, 야부키 군. 어니스트와 다이애나의 약혼은 아무래도 확정된 느낌이군요. 그렇다면 저쪽도 '성맥세대' 허용파가 틀림없이 우세해질 거예요…. 뒷일을 생각하면 일찌감치 엘리엇 군과 대화를 터두는 편이 좋겠어요. 레티시아한테 연결해 달라고 부탁할까요…."

　클로디아는 턱에 손을 대고서 생각에 잠기듯이 시선을 내리깔았다.

　세이도칸 학원 대학부에 진학한 클로디아는 예전보다 훨씬 어른스러운 인상이 되었다. 그러면서도 여전히 부드러운 분위기를 잃지 않아, 본성을 모르는 신입생들에겐 그야말로 꿈에 그리던 누님처럼 보이는 듯했다. 그러니 남녀를 불문하고 지지율이 높을 수밖에 없다. 하지만 시커먼 속내도 한층 더 검어졌으니 에이시로에겐 귀신이나 악마의 화신으로밖에 보이지 않는다.

하지만 오랫동안 학생회장으로서 꾸준히 실력을 발휘하고 있으니 능력은 의심할 여지가 없다. 이 정도의 장기집권은 세이도칸 역사상 처음이고, 다른 학교를 봐도 예외 중의 예외인 지에룽의 역대 '만유천라' 정도밖에 없을 것이다.

하물며 지금의 클로디아는 학생이자 학생회장, 거기에 더해 어머니 이자벨라의 비서까지 겸하고 있다. 양다리를 초월해 문어발에 가까운 상태다. 심지어 이제 클로디아는 애스터리스크 내부… 여섯 학교들의 정세보다 그 위에 있는 통합기업재체의 움직임을 보며 정보를 분석하는 경우가 많다. 시선을 더 넓힌 것이다. 아마 졸업하고 긴가로 옮겨간 후의 일을 염두에 두고 있으리라.

그런 만큼 에이시로는 예전보다 훨씬 어려운 일만 맡는 신세가 되어, 솔직히 말하자면 적당히 해줬으면 좋겠다.

"그럼 곧바로 다음 임무인데요….."

"아~ 회장님? 슬슬 제가 없으면 카게보시도 힘들지 않을까요오? 요즘 좋은 신입이 없어서 인력 부족이라고 들었는데요?"

현재 에이시로는 카게보시의 에이전트보다 클로디아 개인의 밀정이라는 포지션에 비중이 쏠려 있다.

통합기업재체 가까이에서 냄새를 맡고 다니는 일은 너무 힘들다. 가끔은 편한 임무를 하면서 숨을 돌리고 싶다.

"그쪽은 걱정 안 하셔도 돼요. 지금 상황이랑 사일러스 노먼의 능력이 아주 매치가 좋거든요. 노먼도 조금만 더 노력하면 부채 변제가 끝나는 상황이라 꽤 의욕을 내고 있죠."

"으그그…!"

재개발 구역이 소멸하면서 애스터리스크 뒷세계에도 큰 변화가 찾아왔다. 구체적으로 말하자면 첩보활동의 비중이 늘고 에이전트끼리 직접 힘으로 대결하는 사태가 줄어든 것이다. 그런 흐름에 따라 무투파인 흑묘기관이나 애자의 세력은 쇠퇴하고, 첩보공작에 뛰어난 지성공회의, 베네트나시 쪽이 세력을 넓혀가고 있다. 사일러스의 능력은 인형 조작이지만 그 인형을 통해 정보를 취득할 수 있기에 지금 시대와 적성이 높다고 할 수 있다.

"뭐, 정말로 싫으시다면야 고려하겠지만…. 제가 부탁하는 임무는 성취감이 있잖아요? 요즘 카게보시가 하는 일을 해봐야 아마 금방 질려버릴 것 같은데요."

"그건…."

에이시로는 대답하기가 난처했다.

에이시로의 좌우명은 '가볍게 살자'다. 뭔가에 구속되는 건 질색이지만, 한편으로는 재미있는 것을 최대한 가까이에서 보고 싶다. 이 두 가지를 양립시키는 것이 얼마나 어려운 일인지

에이시로는 잘 안다. 클로디아는 에이시로의 그런 성격을 잘 파악하고 능숙하게 다루는 것이다. 아마 에이시로 본인보다도.

"하지만 확실히 조금은 휴식을 드리긴 해야겠죠. 당신도 애인이랑 보낼 시간이 필요할 테니까요."

"으잉?!"

경직된 에이시로를 보며 클로디아는 빙긋 웃었다.

"예전 신문부 부장…. 으음, 지금은 ABC의 기자인가요? 우연한 재회로 시작된 사랑이라니, 정말 로맨틱하네요."

"어, 어, 어떻게 그걸…!"

확실히 에이시로는 얼마 전에, 어떤 사건 현장에서 부장, 즉 신문부 시절의 부장과 몇 년 만에 우연히 재회했다. 하지만 그건 부장과 에이시로 둘밖에 모르는 일일 텐데. 카게보시의 어중이떠중이 놈들한테 꼬리를 잡힌 적도 없는데.

"후훗, 그야 제 정보망은 야부키 군만 있는 게 아니거든요."

클로디아의 완벽한 웃음을 보고 에이시로는 확신했다.

그렇게 머지않은 미래에 클로디아는 틀림없이 긴가의 상층부까지 올라갈 것이라고.

그때 손님의 도착을 알리는 공간 윈도가 두 사람 사이에 전개되었다.

"어머나, 벌써 시간이 그렇게 됐나요."

클로디아가 문을 열자 녹색 머리카락을 짧게 묶은 어느 소녀가 나타났다.

"불러주셔서 감사합니다, 회장님!"

입을 열자마자 활기 넘치는 목소리가 울려 퍼졌다.

순박함과 쾌활함을 그림으로 그린 듯하면서도 거칠다는 느낌은 없는 이 소녀는….

"잘 오셨어요. 플로라 양."

"네!"

플로라 클렘. 예전에 유리스의 오빠가 이 애스터리스크로 파견시켰던 리젤타니아 왕궁의 시녀이자, '고양이'에게 납치당한 피해자이기도 했던 소녀다. 당시에는 아직 아이에 가까웠지만 지금은 키도 많이 컸고, 부드러우면서 탄탄한 몸을 보니 그동안 진지하게 단련했다는 것을 알 수 있었다.

그녀는 올해 봄에 세이도칸 학원 고등부에 신입생으로 입학했다.

"불렀다니, 회장님이요? 플로라 양을 어째서…."

"그야 당연히 제일 좋은 자리에서 이 시합을 관전시켜주기 위해서지요."

클로디아가 의자를 권하자, 플로라는 꾸벅 인사한 후에 예의 바르게 앉았다.

"이 아이… '화검'은 앞으로 세이도칸을 짊어질 기대주예요. 본인의 눈으로 한순간도 놓치지 않고 이번 싸움을 지켜볼 필요가 있죠."

"여, 열심히 하겠습니다!"

플로라는 두 손을 꽉 쥐고 아직 아무도 없는 스테이지를 뚫어져라 바라보았다. 시합이 시작되려면 아직 시간이 남았는데, 남을 잘 따르는 성격인 것 같다.

"오오, 상당히 평가가 높으신데요?"

"당연한 일이에요. 그야 **아야토 이후 처음으로 등장한 '흑로의 마검' 사용자니까요.**"

입학하자마자 서열 진입에 성공한 플로라는 가라드워스류 검술이 연상되는 화려한 기량으로 화제를 모으기도 했지만, 유명해진 계기는 무엇보다도 '흑로의 마검'의 사용자로 선택되었다는 점이다.

아야토가 졸업한 후 수많은 학생이 '흑로의 마검'의 새로운 주인이 되려고 시도했지만, 그 깐깐한 순성황식무장은 누구에게도 그 지위를 허락하지 않았다. 이 소녀, 플로라가 손을 대기 전까지는.

"하지만 플로… 저, 저도 아직 이 아이를 제대로 사용하지 못해서…."

플로라는 힘없이 어깨를 늘어뜨렸지만, 그도 그럴 수밖에 없다.

아마기리 아야토조차 '흑로의 마검'을 완전히 자기 것으로

만드는 데에 3년 가까운 시간이 걸렸다. 하물며 '흑로의 마검'은 대량의 성진력을 대가로 요구한다. 아야토처럼 엄청난 양의 성진력을 가진 사람이 아니라면, 오랫동안 기동시켜두는 것조차 힘들다.

플로라도 평균 이상의 성진력을 가지고 있는 듯하지만 아야토와 비교할 정도는 아니다. 그 탓에 플로라는 꼭 필요하다 싶을 때에만 '흑로의 마검'을 기동시켜 무기를 교체하는 식으로 쓰고 있다.

"아마기리 님은 정말로 대단한 분이었군요…. 새삼스럽지만, 이렇게 겪어보니 잘 알겠습니다."

그런 플로라의 중얼거림을 듣고, 클로디아가 한순간 자랑스러운 표정을 짓는 것을 에이시로는 놓치지 않았다.

'그래도 아직 이런 귀염성이 남아 있는 게 다행이야….'

"…야부키 군, 무슨 문제라도?"

"아뇨, 아무것도."

마음의 목소리를 읽은 듯이 클로디아가 박력 있게 웃자, 도망치듯이 시선을 피했다.

"아, 그러고 보니…. 두 분께도 공주님의 초대장이 도착했겠지요? 참석할 수 있으신가요?"

플로라는 마침 떠올랐다는 듯이 손을 모으고서 클로디아와 에이시로의 얼굴을 보았다.

"물론이에요. 유리스와 직접 만난 지도 꽤 되었으니까요."

"저도 일만 없다면 갈 수 있을 텐데 말입니다. 안 그런가요, 회장님?"

에이시로가 그렇게 말하며 흘끗 보자, 클로디아는 못 말린다는 듯이 한숨을 내쉬었다.

"알았어요. 그 시기에는 야부키 군한테 일이 가지 않도록 하겠어요."

"오예!"

이것으로 확실한 휴가를 받을 수 있다. 이 업계는 언제 일에 깔려 죽을지 알 수 없으니 일정이 확정된 휴가는 대단히 귀중하다.

"이젠 아마기리 님만 확인하면 되겠습니다만…. 도대체 초대장을 보낼 방법이 없네요."

"그러네요…. 하지만 아야토도 이야기는 들었겠지요?"

"네, 그건 괜찮습니다. 공주님이 얼마 전, 휴대단말기로 연락이 되었을 때 말씀드렸다고 하니까요."

"그럼 문제없어요. 아야토는 의리를 지키는 사람이니까요. 저도 다음에 연락이 되었을 때는 어떻게 할지 물어볼게요."

"고맙습니다!"

플로라가 얼굴을 빛내며 고개를 숙였다.

"오, 곧 시작하려는 모양입니다."

실황 캐스터의 떠들썩한 목소리에 관객석의 흥분이 더욱 달아오르는 것을 알 수 있었다.

플로라가 진지한 표정으로 몸을 내밀고, 클로디아의 눈빛이 예리해졌다.

그리고 야나세 미코의 목소리가 더욱 크게 울려 퍼졌다.

[자, **드디어 이번 '왕룡성무제'도 오늘이 결승전입니다!** 새로운 역사를 만드는 쪽은 과연 누가 될까요?!]

*

스테이지로 통하는 어두운 통로를 나아가는 한 사람이 있다.

처음에 이곳을 걸었을 때는 두 사람.

다음에는 모두와 함께.

그때로부터 몇 년이 지나, 지금 토도 키린은 오로지 혼자, 발소리를 울리며 걸음을 옮기고 있다.

외롭지 않다면 거짓말일 것이다. 불안한 마음도 역시 부정할 수 없다.

아무리 성장했더라도, 아무리 강해졌더라도, 아무리 시간이 지났어도 키린은 그저 키린이다.

하지만 그거면 된다고 키린은 생각한다. 그저 자신답기만 하다면, 그 모습을 그 사람이 어딘가에서 봐준다면 충분하다.

입장 게이트를 지나, 한 번 걸음을 멈추고 심호흡.

그리고 브리치를 난숨에 날려 스테이시토 뛰어내리사 핀끽이 일제히 환호성을 질렀다. 이제는 묶지 않아 길게 기른 은발이 흩날리며 반짝였다.

[동쪽 게이트에서 바람처럼 등장한 선수는 세이도칸 학원의 서열 1위! 저번 시즌에서는 '봉황성무제'에서 베스트4에 들고, '사취성무제'에서는 그 유명한 '화염의 마녀' 유리스＝알렉시아 폰 리스펠트 선수와 함께 우승을 거머쥐었던, 6대 '검성'! 애스터리스크 사상 최고의 검사라는 명성이 자자한 '질풍인뢰' 토도 키린 선수!]

기력은 충만하다.

여기까지 올라오는 동안 전혀 부상이 없었던 건 아니지만, 몸을 움직이는 데에 지장이 있을 정도는 아니다.

그런데도 키린은 이제부터 싸울 상대를 이길 수 있다는 자신감이 전혀 생겨나지 않았다.

"...으으."

왔다.

저도 모르게 몸에 힘이 들어가고, 자연스레 마른침을 삼킨다.

아직 상대는 게이트를 막 지났는데도, 모습조차 보이지 않는데도, 멀리 떨어져 있는 키린의 간담을 서늘하게 할 정도로 압도적인 힘이다.

그 이름은 3대 '만유천라', 판싱루.

[그리고…! 서쪽 게이트에서 등장한 지에롱 제7학원 서열 1
위! 전설로 전해지는 '만유천라'의 이름을 이어받은 소녀! 절대
적이라는 단어에 걸맞은 힘을 가졌다는 소문이 무성한데도, 연
령 제한 때문에 이번 '왕룡성무제'까지 참가하지도 않고 공식
적인 무대에도 거의 나타나지 않았던 지에롱의 정점! 뚜껑을
열어보니 그 실력은…! 이제까지의 모든 시합을 압도해 그 많
은 소문이 진실이었음을 증명한 판싱루 선수!]

브리지에서 소리도 없이 내려앉은 싱루는 키린을 보자마자
만족한 듯이 미소를 지었다.

"흠흠…. 좋구나, 좋아. 잘 완성되었어. 암, 그래야지."

키린이 싱루를 직접 마주한 건 3년 전, 딱 저번 '왕룡성무제'
가 끝나고 열린 리셉션 때였다. 지난 3년 사이에 싱루는 아름
다운 소녀로 성장했다. 물론 이제까지의 시합은 전부 체크하고
있으니 처음 본 건 아니지만, 역시 이렇게 가까이에서 얼굴을
맞대니 차이가 확 느껴진다.

작고 가냘픈 체격에 키는 그렇게 크지 않지만, 팔다리가 길
고 아직 성장 중인 몸은 탄탄하고 군살이 없다. 나비의 날개가
연상되는 헤어스타일은 예전과 크게 다르지 않지만 나머지 부
분을 짧게 잘라 단정하게 했다.

"예전 '사취성무제' 결승전에서 보여준 샤오페이와의 일대일 대결, 그리고 반년 전에 벌였던 결투, 둘 다 대단한 시합이었 지."

"…결투 때는 제 힘이 부족했습니다."

예전에 했던 약속대로 키린은 반년쯤 전에 '패군성군' 우샤오 페이와 리벤치 매치를 벌여, 아슬아슬하게 패배했다.

"호호호! 샤오페이도 꽤 실력이 좋아졌으니까. 하나… 네가 그 허리의 순성황식무장을 뽑았다면 승패는 바뀌었을 게야."

"그건…."

확실히 키린은 '후다라쿠'를 뽑지 않았다. 그보다는 뽑을 수 없었다.

오늘을 예상했기 때문이다.

"좋다, 좋아. 딱히 네가 성의 없이 싸우지 않았다는 것은 샤 오페이에게 들어 익히 안다. 그리고 그 이유도. 뭐, 그래도 용 납할 수는 없었던 모양이다마는."

거기까지 말하고, 싱루는 그때 일이 떠올랐는지 어깨를 떨면 서 큭큭 웃었다.

"그 녀석, 한 번 더 수행의 여정을 떠나겠다며 지에롱을 뛰쳐 나갔거든. 그래서야 이겼다고 할 수 없다면서 말이야. 덕분에 후펑과 세실리의 고생이 이만저만이 아니야. 쌍둥이도 지에롱 본부로 차출되어버리는 바람에 지금은 지도자가 부족하다면서 난리구나."

"네?! 그럼 샤오페이 씨는 또 휴학을…?"

그건 처음 듣는 이야기다. 게다가 그 이유가 자신에게 있다면 미안함을 감출 수가 없다.

"신경 쓰지 말아라. 오히려 좋은 일이지. 거 왜, 귀여운 아이한테는 여행을 떠나게 하라는 말이 있지 않느냐."

"네에…. 그런데 수행을 떠나셨다면 어디로?"

"모른다. 의외로 어딘가에서 '무라쿠모'와 맞닥뜨렸을 수도 있겠구나."

정말로 그럴지도 모르겠다.

키린은 그 광경을 상상하고 가만히 미소를 지었다.

"자, 그럼…. 내가 이번 '왕룡성무제'에 출전을 선언했기 때문에 너는 샤오페이와 결투할 때 순성황식무장을 뽑지 않았다. 이 점은 틀림없겠지?"

"네, 맞습니다."

키린은 마지막 남은 '성무제'의 참가권을 이번 '왕룡성무제'로 정해두었다. 이 대회에서 '만유천라'가 나온다면 확실하게 어디선가 마주치게 될 테니, 클로디아에게 '후다라쿠'를 사용하지 말라는 지시를 받은 것이다.

"크큭, 그건 또 기쁜 소리로구나. 하나, 6대 '검성'쯤 되는 자가 그렇게나 나를 경계해줄 줄이야."

"…그렇게 숨기셔도 소용없어요. '만유천라'의 힘이 어느 정도인지, 세이도칸에도 실제로 겨뤄본 사람들이 있으니까 많이 늘었거든요.

"오오, 그렇구나. 유리스 얘기겠지? 하여간 그 녀석도 의리가 있어. 저번에도 굳이 나에게까지 초대장을…."

싱루가 그렇게 말하려는 차에 기계음성이 시합 개시 준비를 알렸다.

"이러면 안 되지. 그만 잡담에 정신이 팔려 버렸군. 이 자리에서 쓸 수 있는 대화 도구란 주먹과 검뿐…. 그렇지 않으냐, '질풍인뢰'?"

"…네."

대담한 웃음을 띠는 싱루에게 고개를 끄덕이고 시작 위치로 향한다.

깨닫고 보니 아까보다도 몸이 가벼워졌다. 어쩌면 지금 대화는 싱루 나름의 배려였을지도 모른다.

어차피 만약 그렇다 하더라도 그게 키린을 위해서는 아니겠지만.

'아마도, 이 시합을 최대한으로 즐기기 위해….'

그렇다면 그 기대에 전력으로 응답하겠다.

['왕룡성무제' 결승전, 시합 시작.]

키린은 시합 시작과 동시에 '후다라쿠'를 살짝 뺐다.

번개가 파직거리면서 퍼져 주위의 공기를 태운다.

날을 끝까지 뽑으려 힘을 주었지만 마치 손안에서 거대한 용이 날뛰는 듯하다. 이를 악물고 억누르지 않으면 당장이라도 폭주해 버릴 것 같다.

그도 그럴 게, '후다라쿠'는 날을 칼집에 넣어두고서 검기를 저장하는 일본도형 순성황식무장으로, 검기의 양이 늘어날수록 제어하기 어려워진다. 한 달 정도 모으면 사색의 마검에 필적한다고 일컬어지며, 과거에 '금시의 오시'에서 퍼시벌 가드너와 맞붙었을 때는 넉 달분의 검기로 '성배'를 꺾었다.

현재 이 '후다라쿠'에 저장된 검기는 자그마치 1년분.

하지만 지금의 키린이라면 분명 제어할 수 있을 것이다.

"하아아아아아!"

기염을 토하며 발도하자, 그 순간에 돌풍이 몰아쳐 스테이지를 휘감았다.

"크흐… 흐흐흐흐! 훌륭하다! 엄청난 위용이로구나! 대단한 패기야! 에잇, 더는 못 참겠다! 간다!"

희열로 뺨을 물들인 싱루가 그렇게 말하면서 양 손가락을 푸나 싶더니….

'……! 사라졌다?! 아냐, 뒤야!'

키린의 천리안으로 포착할 수 없는 속도로 이동한다는 건 아무리 '만유천라'라 해도 불가능하다. 그렇다면 아마 순간이동이 일종일 것이다.

키린은 곧바로 앞으로 뛰어, 공중에서 몸을 비틀면서 '후다라쿠'를 휘둘렀다.

"호오! 축지술을 처음 보고도 대응할 줄이야!"

갑자기 키린의 등 뒤에서 나타난 싱루의 발차기가 하늘을 가르고, 거기에 교차하듯 '후다라쿠'의 참격이 싱루를 덮쳤다. 하지만 싱루는 놀랍게도 공격과 동시에 그것을 회피해냈다. 도저히 믿기지 않는 체술이다.

그대로 착지해서 키린의 품에 뛰어든 싱루가 오른손으로 장타를 날리자 키린은 '후다라쿠'로 막아냈다. '흑로의 마검'의 속성은 없어도 지금의 '후다라쿠'라면 어떤 물체든 잘라낼 수 있는 예리함을 지니고 있을 것이다. 그것을 맨손으로 쳐냈다간 당연히 공격한 쪽이 상처를 입겠지만, 싱루는 미세하게 손목만 움직여 날을 흘려보내고, 곧바로 왼쪽 주먹을 때려 넣었다.

"흡!"

오른쪽으로 살짝 돌아 반보 정도의 간격을 만들면서 '후다라쿠'를 내리쳤지만… 얕다. 하늘하늘한 지에롱 교복의 소매는 베어낼 수 있었지만, 그 대가로 싱루의 팔꿈치가 키린의 명치에 꽂혔다.

"윽…!"

"흐읍!"

날아가는 와중에도 '후다라쿠'를 휘둘러 그 끝으로 싱루의 팔을 가볍게 베어냈다.

이어서.

키린은 피를 뱉으면서 다시 한번 일섬.

"크윽!"

허리에 힘을 실어 뻗은 공격은 스테이지 중앙을 횡으로 양단했다. 싱루는 웅크려 피하기는 했지만, 나비 날개 모양으로 묶은 머리카락 일부가 땅에 떨어졌다.

"…제법이구나. 이 무시무시한 검섬, 그야말로 당대무쌍의 검객이로고. 흠, 그렇다면."

싱루 주위의 공기가 일그러지더니 허공에서 세 종류의 금강저… 독고저, 삼고저, 오고저가 나타났다.

"초대 '만유천라'가 남긴 선구, 업련저다. 자, 간다."

마치 위성처럼 싱루의 주위를 떠돌던 그것이 갑자기 날아왔다.

미사일 같은 속도로 이제까지 키린이 서 있던 지면을 날려버리고, 두 발째, 세 발째가 이어서 떨어졌다.

확실히 파괴력은 무시무시하지만 아까처럼 싱루와 근접전을 펼치는 것보다는 차라리 마음이 편하다.

무엇보다….

"하압!"

기린은 눈앞까지 접근한 독고저를 노리고 '추디피크'를 내리쳤다.

"아니! 이럴 수가!"

그 일격은 독고저를 양단해, 둘로 쪼개진 파편이 키린의 등 뒤에서 먼지를 일으키며 움직임을 멈추었다. 이어서 날아온 삼고저와 오고저까지 동시에 베어냈다.

"…설마, 그렇게 간단히 선구를 벨 줄이야. 이건 상상 이상이로구나."

"체술로는 미치지 못하지만, 무기로 승부를 겨룬다면 저도 자신이 있어요."

그렇게 말하며 정안세로 취한 키린을, 싱루가 진심으로 유쾌하다는 얼굴로 쏘아보았다.

"크큭…! 건방진 소리를 하는구나. 그렇다면 한번 맛보겠느냐?"

싱루의 얼굴에서 느긋한 웃음이 사라지고 험악함이 강해졌다.

"기뻐해라. 이것은 헬가 린드발에게조차 보여준 적이 없는 나의 비장의 수이니라."

다시 주위의 공간이 일그러지고… 싱루는 이번에는 거기에 스스로 오른손을 찔러 넣었다.

그대로 잠시 서랍을 뒤지듯 손을 움직이다가 빼자, 오른손에는 검은 봉 형태의 물건이 쥐어져 있었다.

"그건…?"

"흠, 지금 시대에는 그다지 익숙하지 않겠지만, 이것은 경편이라 불리는 채찍의 일종이니라."

싱루는 키린을 향해 그 무기를 적당히 휘둘렀다.

"이름은… **타신편이라 하지.**"

"헉?!"

그 직후 뭔가 거대한… 너무나 크고 보이지 않는 힘이 미리 위에서 내려와 키린을 짓눌렀다.

"크으으으윽!"

키린은 '후다라쿠'를 들어 막으려 했지만 너무 무거웠다. 도저히 되밀어낸다는 행위가 불가능해, 버티는 것만으로도 버거웠다. 두 다리에 힘을 주자 스테이지 바닥에 금이 가고 함몰되어 금세 거대한 크레이터가 생겨났다.

이윽고.

"하아… 하아… 하아…!"

어떻게든 그 일격을 버텨내자, 크레이터 끝에서 싱루가 키린을 내려다보며 여유롭게 손뼉을 쳤다.

"잘 견뎠다. 칭찬해주마."

"설마…. 설마, 진짜 타신편…인가요?"

타신편.

이름 정도는 키린도 안다. 봄 신언이이 주인공인 강가아가 사용하는 보패, 즉 마법의 무구다.

애스터리스크에서도 특히 순성황식무장쯤 되면 고금동서의 전설에 등장한 무구에서 이름을 따오는 경우가 많지만, 당연히 어디까지나 모티프를 빌려 온 것에 불과하다.

하지만 설마…. 어쩌면 판싱루라면.

"물론 진짜다…라고 말하고 싶지만, 아무리 그래도 그건 아니야. 먼 옛날에 선경으로 떠난 자들의 유물, 그것의 모조품이다. 따라서 한 번 쓰고 버리는 물건이지."

그렇게 말하면서 싱루는 다시 이공간으로 손을 집어넣었다.

"그럼 다음은…. 그래, 화혈신도 정도가 적당하겠구나."

날에서 피처럼 붉은 액체를 뚝뚝 떨어뜨리는 새빨간 검이 나타났다.

"자, 시합은 이제 막 시작되지 않았으냐. 설마 이것으로 끝이라는 소리는 하지 않겠지?"

키린은 일어서서 숨을 고르고, 이마의 땀을 닦은 후에 싱루를 올려다보았다.

"…이 시합 전에 저는 당신 상대로 전혀 이길 수 있을 것 같지 않았어요. 그건 지금도 마찬가지예요."

"호오."

명백한 실망이 싱루의 눈에 깃들었다.

"하지만… 일부러 이 말을 하겠어요. 질 것 같지도 않다, 라고요."

"…큭."

단순한 오기가 아니다. 확실히 판싱루는 무시무시하게 강하고, 키린은 그 영역에 도달하지 못했다. 하지만 그것이 곧바로 패배를 의미하지는 않는다.

허리에서 히이나마루를 뽑아 '후다라쿠'와 함께 이도류의 자세를 취한 키린을 본 싱루가 눈을 크게 뜨고, 이어서 온몸의 털이 곤두설 정도로 사납게 웃었다.

"크크큭…! 아주 좋다! 지난 수백 년 동안 들은 말 중에 최고구나!"

그 찰나, 키린과 싱루가 동시에 움직여 서로를 공격하기 시작했다.

검기가 몰아치고 날이 부딪히는 스테이지를 관객들의 열광이 뒤덮었다.

*

"밀항자…라고요?"

퍼시벌 가드너가 고개를 들자, 거기에는 직속상사인 아마기리 하루카가 어딘지 곤란한 표정을 짓고 있었다.

'왕룡성무제'도 끝나고 성렵경비대도 드디어 한숨 돌리는 시기가 왔지만, 그래도 이곳 애스터리스크에서 소동이 사라지는 건 아니다. 아직 신입이긴 하지만 퍼시벌도 연일 현장으로 출동했고, 오늘도 조금 전에야 돌아와서 식사를 끝마쳤다.

사실 퍼시벌로서는 바쁜 편이 괜한 생각에 시달리지 않아서 좋지만.

"응, 밀항. 상당히 드문 케이스지만 아직 미성년자라서 일단 우리가 보호하고 있거든. 하지만 신분증도 전혀 없고, 이름도 사정도 말해주지 않아."

지금은 경비대에서도 헬가 린드발에 버금가는 실력자로 평가받는 하루카는 고요하고 온화한 분위기를 풍겨 흘끔 보면 도저히 그런 강자 같지 않다. 물론 충분한 실력을 갖춘 자라면 하루카의 역량을 어렵지 않게 간파할 수 있겠지만, 아무튼 하루카는 어떤 상황에서도 자연스러움을 유지한다. 진정한 강자란 이런 사람이다, 라는 것을 실감하게 된다.

부드럽고 상냥하고, 올곧으면서도 강한⋯ 자신과는 완전히 정반대인 존재다.

"그런데 오른쪽 어깨에 코드넘버 같은 숫자가 새겨져 있었거든."

"헉!"

그 말에 퍼시벌은 저도 모르게 의자를 넘어뜨리며 몸을 일으켰다.

그건 예전에 퍼시벌의 오른쪽 어깨에도 있었던 관리번호로 '연구소'의 소유물이라는 증거다.

"…알겠습니다. 제가 사정을 들어보겠습니다."

"잘 부탁해. 대장님한테는 내가 전해둘 테니까. 그 아이는 너한테 일임할게."

"네. 알겠습니다."

보통 관리번호는 출하시에 소거된다. 그리고 출하를 제외하고 관리물이 '연구소' 밖으로 나오는 케이스는 하나밖에 없다.

즉, 폐기다.

퍼시벌은 경비대 본부의 복도를 빠르게 걸으며, 자신도 모르는 새에 어금니를 꽉 깨물었다.

'금지의 오시' 사건 후, 퍼시벌은 장기간 강제로 입원해야만 했다. '발다=바오스'에 의해 덧씌워진 정신은 회복하기까지 시간이 필요해, 지금도 가끔 당시의 광경이 플래시백하는 경우가 있다.

그렇다. '발다=바오스'에게 완전히 의식을 빼앗긴 우르슬라 스벤드와 달리 퍼시벌에게는 당시의 기억이 그대로 남아 있다. 자신이 뭘 하려 했는지, 그 죄가 얼마나 깊은지, 절대로 도피를 허락하지 않겠다는 듯이.

통합기업재체가 사건을 비밀리에 마무리한 점, 의학적으로 정신간섭능력의 강한 영향이 입증된 점, 세이도칸의 클로디아 엔필드가 도와준 점 등도 있어 조건부이긴 해도 퍼시벌은 처분을 면했지만, 그렇다고 저지른 일들을 용서받은 건 아니다. 무엇보다 그녀가 자기 자신을 용서할 수 없었다.

동료들은 만류했지만, 가라드워스에 계속 있기 괴로워 결국 자퇴를 선택했다. 그런 퍼시벌에게 제안해온 사람이 다름 아닌 성렵경비대 대장인 헬가였다.

속죄를 원한다면 이 도시와 사람들을 지키는 것으로 이뤄보지 않겠나, 라는 헬가의 권유에 따라 경비대의 문을 두드려, 결과적으로 퍼시벌은 여기에 있다.

지금 생각하면 통합기업재체로서도 헬가 아래에 두는 편이 감시하기 쉽다고 봤으리라. 헬가는 통합기업재체를 싫어하지만, 통합기업재체는 그녀를 성가시게 여기는 한편으로 상당히 높이 평가하는 게 느껴지기 때문이다.

하지만 경비대의 일원으로서 아무리 일에 몰두해도, 아직 퍼시벌은 자신을 용서할 수 없었다. 아마 그런 날은 오지 않을 것이라는 생각도 하고 있다.

예를 들어 그것이….

"…아."

그런 상념에 잠겨 있던 사이에, 어느새 두 다리는 조사실 앞까지 퍼시벌을 옮겨놓았다.

마음은 가다듬고 느긋릴 힌 후에 문을 열있나.

"앗…."

방 안에선 한 소녀가 의자에도 앉지 않고 서 있었다.

퍼시벌을 보자마자 몸을 움츠리더니 겁에 질린 듯이 뒷걸음질을 쳤다. 칙칙한 회색 머리카락은 푸석푸석하고 몸도 지저분해, 소녀가 누구의 비호도 받지 못하고 있다는 것을 한눈에 알 수 있었다. 나이는 열두세 살쯤 되었을까.

"응…?"

퍼시벌은 묘한 위화감을 느끼고 그 소녀를 가만히 바라보았다.

소녀는 더욱 몸이 굳어 움츠러든다.

'이건….'

설마 했지만. 틀림없다. 그렇다면 새로운 의문이 생겨난다.

"11573394."

"…네?"

"제가 그곳에 있던 시절의 관리번호입니다."

"……!"

소녀는 눈을 크게 뜨고 퍼시벌을 뚫어져라 쳐다보았다.

"잠시 대화를 하지 않겠습니까?"

그렇게 말하고 의자를 권하자, 소녀는 조금 주저하면서도 주뼛거리며 거기에 앉았다. 조금은 마음을 연 듯했다.

"…어째서 이 도시에?"

단도직입적으로 물었다. 이름이나 나이 같은 건 들어봐야 의미가 없다. 필요한 것은 이 아이가 어떤 의지를 지녔냐다.

"저, 저… 저는 이제 필요, 없다고…. 도움이 안 된다고, 피, 필요 없다고, 해서…. 그래서, 폐기당하기, 전에… 피, 필사적으로 도망쳐서…."

더듬거리며 말하는 목소리는 가느다랗게 떨려 알아듣기가 힘들었다.

"그래서…. 어, 어딘지는 모르겠지만, 거리에서 우연히… 서… '성무제'? '왕룡성무제'? 아무튼, 그런 걸 해서…. 어, 엄청 반짝반짝하니까…. 저, 저도… 그런 반짝거리는 장소에 서 보고 싶어서…! 그, 그래서…!"

어느새 그녀는 몸을 내밀고서 떠들고 있었다.

"앗…!"

스스로도 깨달았는지, 소녀는 창피해하며 새빨개진 얼굴을 숙이고서 몸을 뒤로 뺐다.

"…그런가요. 그럼 하나 더 질문입니다."

퍼시벌은 눈을 가느다랗게 뜨고 조용히 물었다.

"당신은 자신의 실력을 숨기고 있지요?"

"…윽!"

소녀가 숨을 들이마시는 것을 알 수 있었다.

틀림없다. 퍼시빌의 눈은 모든 허위를 간파한다. 소녀는 자신의 힘을 철저하게 숨기고 있다. 아마도 현 시점에 이미 퍼시빌에 필적하는 힘을 가지고 있을 것이다. 애초에 그 '연구소'에서 도망친다는 것부터가 상식적으로 가능한 일이 아니다.

그리고 그런 힘이 있다면 '연구소'가 폐기할 리가 없다. '연구소'의 스태프를 속일 정도의 위장이라면 엄청난 각오와 재능이 필요할 것이다.

즉, 소녀는 스스로 폐기되는 쪽을 선택했다.

"어, 어떻게…? 지, 지금까지, 누구한테도 들키지 않았는데…."

소녀는 곤혹스러운 표정으로 퍼시빌의 얼굴을 바라보았다.

"어째서 그런 행동을?"

퍼시빌이 묻자, 소녀는 고개를 숙이고 모깃소리 같은 작은 목소리로 대답했다.

"그, 그야… 무, 무서, 우니까…."

"무섭다면… 자신의 힘을 행사하는 것이 말인가요?"

소녀는 소극적으로 고개를 끄덕였다.

명백하게 모순된 발언이다. 자신의 힘을 행사하는 건 두렵다면서, 한 번 본 것만으로 '성무제'의 무대에 동경을 품고 자신도 그 자리에 서고 싶어하다니.

하지만 퍼시벌로서는 넌더리가 날 정도로 그 마음이 이해가 갔다.

모든 사람이 자신의 감정과 욕구를 절충할 수 있는 것은 아니다. 어느 쪽도 선택하지 못하고, 어느 쪽도 버리지 못하는 사람은 분명히 존재한다.

"알겠습니다. 그럼 마지막 질문입니다."

퍼시벌은 그렇게 말하더니, 잠시 뜸을 들이고서 말을 이었다.

"당신은 이제부터 어떻게 하고 싶습니까?"

소녀는 그 질문에 시선을 피하고, 뭔가를 말하려다가 입을 다물고, 다시 한번 열려 했지만 고개를 가로젓고, 그 후로 잠시 조용히 있다가 결심을 굳힌 듯이 고개를 들었다.

"저, 저도… 저도 '성무제'에 나가고 싶어요!"

단호하게, 그리고 강하게 소녀는 말했다.

"좋습니다. 그렇다면 제가 힘이 되어드리죠."

"네…?"

퍼시벌이 오른손을 내밀자 소녀가 놀란 듯이 눈을 동그랗게 떴다.

그럴 만도 하다. 소녀에게 퍼시벌은 지금 막 만났을 뿐인 이름도 모르는 경비대원에 불과하니까.

애초에 퍼시벌에게 그런 권한도 없다. 하루카가 일임했다고는 하지만 명백하게 직무 범위를 넘어선 행위이고, 때에 따라서는 질책이나 훈방으로 끝나지 않을 수도 있다.

단순한 대리만족일지도 모른다. 구하지 못했던 옛 동료들을 대신해, 눈앞이 소녀를 돕는 것으로 속죄하고 싶은 것일지도 모른다.

그래도 이것은 퍼시벌이 처음으로 스스로 내디딘 첫걸음이다. '연구소'의 11573394도, '성배'의 사용자인 '우기사'도, 경비대원도 아닌 개인으로서 퍼시벌 가드너가 자신의 의지로 내민 손이다.

"……"

소녀는 잠시 그 손을 바라보다가 주뼛거리며 살며시 잡았다.

작지만 따뜻한 손.

퍼시벌은 그 손을 꼭 맞잡은 채, 왼손으로 휴대단말기를 조작해 공간 윈도를 열었다. '연구소'에서 도망쳐 나왔다면 이 소녀는 이름은 물론이고 국적이고 뭐고 아무것도 없다는 뜻이다. 이대로는 어딘가의 시설로 보내져, 그 후에는 십중팔구 변변치 않은 사람들의 먹잇감이 되어 인생이 끝나겠지. 이 세상에는 착한 사람도 존재하지만 아무런 보호막이 없는 아이에게 다가오는 건 대부분은 질 나쁜 놈들뿐이다.

그것을 저지하려면 큰 힘이 필요하다.

개인이 아닌 조직의 힘이.

[…놀랐습니다. 설마 가드너 선배께서 연락을 주실 줄이야.]

그리고 공간 윈도에 비친 사람은 가라드워스의 서열 1위이자 학생회장을 맡고 있는 엘리엇 포스터였다. 이렇게 얼굴을 보는 건 꽤 오랜만인데, 완전히 어른스러운 청년으로 성장해 있었다. 키도 많이 커서, 지금은 가라드워스의 대표로서 당당한 품격을 갖추었다.

[오랜만입니다. 선배.]

그 옆에는 엘리엇의 연인인 노엘 메스메르의 모습도 있었다.

퍼시벌도 소녀와 마찬가지로 각오를 다지고서 두 사람에게 고개를 숙였다.

"갑자기 연락해서 미안합니다. 실은 꼭 부탁하고 싶은 일이 있어서…. 힘을 빌려줄 수 있나요?"

훗날 소녀는 '허고의 마녀'라는 이명으로 세이도칸의 '화검' 플로라 클렘, 지에롱의 '만유천라' 판싱루와 함께 '성무제'를 석권해 '세 소녀의 시대'라 일컬어지는 황금기를 이룩하게 되지만, 그건 나중 이야기다.

*

"…사장님, 일단 생맥주 세 잔. 그리고 안주는 나물이랑 달걀말이요."

"네입~!"

떠들썩한 금요일의 술집은 자리가 거의 꽉 찼다.

게임 안쪽이 난은 데이블로 안내받은 사야는 정장을 입은 채 호쾌하게 책상다리로 앉더니 메뉴도 보지 않고 음식을 주문했다. 처음 오는 가게라면 사야의 외모가 외모이니만큼 신분증 제시를 요구하겠지만, 여긴 자주 오는 단골가게이기에 그런 걱정은 없다. 사야는 3년 전⋯ 아니, 6년 전부터 거의 외모에 변화가 없기 때문에 아무래도 미성년자로 의심받는 경우가 흔하다.

'낙성우'의 피해가 적었던 대도시에는 이렇게 오래전부터 영업을 계속하는 가게가 아직 많이 남아 있다. 대규모 재개발에 제약이 많은 이곳 교토는 특히 그런 경향이 강하다. 그래도 몇 번쯤 재건축이나 리폼 정도는 하고 있겠지만.

"자, 메뉴. 먹고 싶은 거 골라봐. 웬만한 건 다 맛있으니까."

"⋯⋯."

한편 사야 앞에 어색하게 앉은 카밀라는 뭐라 설명하기 힘든 표정을 짓고 있었다. 사야와 마찬가지로 정장을 입고, 예전보다 머리카락이 짧아졌다.

이번 주말에 교토에서 낙성공학 국제회의가 열려, 카밀라도 사야도 거기에 참석할 예정이다. 하지만 사야는 세이도칸 학원을 졸업한 후에 그쪽 대학부가 아니라 이곳 교토에 있는 대학의 연구부로 진학했기 때문에, 두 사람이 여기까지 먼 걸음을 했다는 게 된다.

"왜 그래?"

"아니, 왜 그러냐니…. 내가 할 이야기가 있다고 말하지 않았던가?"

"응. 마음껏 해."

"…여기서?"

주위를 두리번거리는 카밀라는 아무래도 불안한 듯했다.

"무슨 문제라도?"

"역시, 음, 그게…. 비밀스러운 이야기를 하는 데에 그다지 어울리는 장소가 아닌 것 같아서."

"네 파트너는 마음에 드는 모양인데?"

사야가 카밀라 옆으로 시선을 보내자, 에르네스타가 흥미진진한 얼굴로 가게를 둘러보면서 눈을 반짝거리고 있었다.

"와오~ 난 이런 곳에 한 번쯤 와보고 싶었어! 다다미! 저거 다다미 맞지? 햐아, 좋다! 내 연구실에도 이런 방 하나 만들어 놓을까냥!"

에르네스타도 정장을 입고 있지만 어디까지나 카밀라의 동행일 뿐이라 국제회의에는 참석하지 않는다고 한다. 카밀라도 에르네스타도 이미 아르르칸트 아카데미를 졸업해 프라우엔로프의 후원을 받으면서 자신의 연구를 계속해나가고 있다.

"음, 게다가 의외로 이런 장소가 비밀스러운 이야기를 하기에 좋거든. 워낙 시끄러우니까 목소리가 잘 들리지도 않고, 그이선에 남의 이야기에 신경 쓰는 사람노 없어."

"…그런가?"

카밀라는 여전히 불안해 보였지만, 포기했는지 어깨를 늘어뜨리고 자세를 편하게 고쳤다.

"그보다 에르네스타 큐네. 설마 내내 자기 연구실에만 틀어박혀 있었던 네가 여기에 올 줄은 몰랐어."

에르네스타는 3년 전에 있었던 '금지의 오시' 사건 이후, 공식적인 자리에 거의 모습을 드러내지 않았다. 사야도 카밀라와는 정기적으로 연락을 주고받았지만 에르네스타와 직접 대화하는 건 꽤 오랜만이다.

"응~? 뭐, 목표 달성도 가까워졌으니까 바깥바람 좀 쐬어도 괜찮으려나~ 싶었거든."

"그건 예전에 말했던 장기적 시야에 근거한 야망의 포석이란 거냐?"

"와우, 기억력 좋네~"

에르네스트는 서빙된 달걀말이를 한 입 먹어보더니 씩 웃었다.

"실은 다음 '대회담'에서, 자율식 의형체의 통일적인 법 정비가 논의될 예정이거든~ 아아, 생각보다 빨랐어~"

"법 정비…?"

"그래. '금지의 오시' 사건 이후로 모든 나라가 의형체 규제를 시작했지만, 시대에 뒤떨어지는 게 많았잖아? 그걸 통합기업재체가 주도해서 통일된 기준을 만들겠다는 거야."

그런 사건이 있었으니 당연히 의형체에 관한 규제는 강화되었지만, 한편으로 의형체의 수요는 줄어들기는커녕 오히려 증가했다. 이유는 단순하다. 평범한 인간이 '성맥세대'에 대항하려면 의형체를 쓰는 수밖에 없다는 사실이 전 세계에 증명되었기 때문이다. 그렇다면 수요와 공급, 규제와 활용이 뒤섞여 여기저기 어긋난 부분이 생겨난다. 하지만 아무리 그래도 세계 기준의 법 정비라는 게 그렇게 쉽게 될 리가….

거기까지 생각하자 퍼즐 조각이 딱 맞아 떨어졌다.

"…알겠다. 넌 그걸 위해서 금지편 동맹을 이용했던 거구나. 대규모 사건에 의형체를 관여하게 만들어서, 강제적으로 논의를 앞당긴 거야."

"글쎄~ 무슨 소리이실까~? 하지만 평범한 인간이랑 '성맥세대'가 서로 증오하는 것보다는 훨씬 나은 결과였다고 생각하지 않아?"

"……!"

금지편 동맹의 목적이었던 평범한 인간과 '성맥세대'의 결정적인 결별은 오펠리아를 제지한 덕분에 이루어지지 않았다. 하지만 사람들 사이에 '금지의 오시'가 '성맥세대'의 해방을 이상으로 삼아 벌인 테러의 일환이라고 인식된 만큼, 불화가 생겨나는 것은 피할 수 없다. 그것이 최소한의 수준으로 봉합된 것은 실제 테러에 쓰인 의형체가 비난의 화살을 전부 받아냈기 때문이다.

"거기까지 계산하고서 행동했다는 소리?"

"설마~ 우연이라기보다는 행운이 따른 결과였지. 너희가 녀석들을 멈춰주지 않았다면 아무 의미가 없었을 테고. 게다가 자율식 의형체의 운용이 계속 보급되었다면 언젠가 비슷한 사건은 일어났을 테니까. 그렇다면 빠른 편이 법 정비로 이어지는 만큼 차라리 낫지 않아?"

에르네스타는 맥주를 한 손에 들고서 깔깔 웃었다.

"…난 너를 싫어하지만 그런 점만은 정말로 감탄스러워."

"냐하하, 그거 고마운걸. 하지만 전부터 그게 궁금했어…. 나, 어째서 너한테 미움받는 거야? 내가 뭘 했던가?"

그 말에 사야는 손에 든 맥주잔을 쾅 하고 테이블에 내리치듯 놓았다.

"잊었단 거냐?"

"후엥?"

"네가 처음 우리랑 만났을 때… 아야토의 뺨에 키스했기 때문이라고."

"아~ 그런 일도 있었…. 잠깐, 그런 옛날 일을 아직도 마음에 담아두고 있어? 끝내주네~ 집념이 끝내줘~ 어차피 내가 듣기로는 넌 검사 군한테 차였다면서? 그렇다면 별 상관없잖아."

그 말에 사야는 남아 있던 맥주를 단숨에 비우더니, 에르네스타를 날카롭게 쏘아보면서 거칠게 말했다.

"여기 생맥 한 잔 추가!"

"네입~!"

그러더니 기세 좋게 몸을 테이블 앞으로 내밀었다.

"그렇긴 하지만 난 아직 포기하지 않았어."

3년 전 그날에 사야는 차였다. 그렇다. 사야뿐 아니라 유리스도, 키린도, 클로디아도, 실비아도, 그 모두가.

[미안해. 하지만 나는… 세이도칸을 졸업한 후에 내 눈으로 평범한 인간과 '성맥세대'가 어떤 관계를 맺어야 하는지 확인해보고 싶어. 분하지만 마디아스 메사는 나보다 훨씬 많은 것들을 보고, 고민하고, 그 결과를 갖고 행동했다고 생각하거든. 그러니까 그 사람을 부정한 나한테는 책임이 있어. 그게 옳았다고 증명할 책임이. 적어도 그렇게 하지 않으면 나 스스로가 용납할 수 없어. 그러니까….]

아야토는 그렇게 말하고 고개를 숙였다.

시간이 얼마나 걸릴지도 모르니 그런 일에 끌어들일 수는 없다고.

솔직히 바보 같다고 생각했고 지금도 그렇게 생각한다. 그렇게까지 할 필요는 없고 그렇게 하는 의미도 없다. 하지만 동시에 정말로 아야토답다는 생각도 한다. 그렇기에 누구도 아야토의 대답에 비난하지 않았고, **누구도 지금까지 포기하지 않았을 것이다.**

"음~ 지금 괜찮겠어?"

그러자 그때까지 잠자코 맥주잔을 기울이던 카밀라가 끼어들었다.

"이제부턴 중요한 얘기를 하고 싶은데."

"그랬지, 참. 나한테 할 얘기란 게 뭐야?"

사야가 바뀐 화제에 맞춰 말을 재촉하자, 카밀라는 크흠 하고 가볍게 헛기침을 하고 입을 열었다.

"나랑 에르네스타가 공동으로 새 프로젝트를 시작할 예정인데, 너도 거기에 참가해주면 좋겠다."

"…프로젝트 내용은?"

"저쪽과 교신하기 위한 '구멍'을 인공적으로 만드는 일."

"뭐…?"

상상을 초월한 터무니없는 대답에, 아무리 사야라도 할 말을 잃을 수밖에 없었다.

"인공적으로 '구멍'을 만들어내는 것 자체는 이미 '대박사'가

성공했지만, 도저히 보통 인간이 따라 할 수 있는 방법이 아냐. 다른 접근법이 필요해. 안정된 고에너지를 일정 시간 집중시키면 '구멍'이 열린다는 건 알고 있어. 그렇다면 필요한 것은…."

"즉, '구멍'을 뚫기 위한 황식무장을 만들라는 건가?"

사야가 그 말을 이어서 하자, 카밀라는 만족스럽게 고개를 끄덕였다.

"바로 그거야."

사야는 팔짱을 끼고서 잠시 생각에 잠겼다.

재미있다. 아니, 그보단 재미있을 것 같긴 하다. …하지만.

"두 가지 질문이 있어."

"대답하지."

"하나. 어째서 나지? 나는 너희 같은 천재는 아니잖아."

사야는 세이도칸에 있을 때 만들어낸 황식무장 덕분에 나름대로 주목을 모았지만, 대부분은 아버지 소이치의 작품이고 사야가 개량했다고는 해도 혼자서 만든 건 아니다. 어차피 아직 공부 중인 일개 학생에 불과하다. 카밀라나 에르네스타와는 다르다.

"그거라면 내가 대답해줄게! 확실히 너는 천재는 아닐지도 몰라. 그래도 충분히 인재이긴 하거든. 그리고 이번에 원하는 건 바로 그런 재능이란 말씀~"

살짝 취한 듯한 에르네스타가 카밀라를 대신해 그렇게 말했다.

아무래도 술은 그다지 세지 않은 모양이다.

"…알았어. 그럼 또 하나. 저쪽과 교신을 한다는 긴 알겠는데 무슨 방법으로 하려고?"

"그건…."

"당연히 의형체를 쓸 거야."

역시 그건가. 에르네스타가 끼어 있으니 예상은 하고 있었다.

"아무래도 저쪽과의 접촉은 인간한테는 리스크가 심한 것 같으니까. 그래서 일단 의형체를 매개로 삼아 교신을 시도할 계획이야."

"흐음…."

"가능하다면 실제로 저쪽과 접촉한 사람한테도 이야기를 들어보고 싶지만, 이게 꽤 만만치 않은 일이거든~"

사야가 아는 한 저쪽과 접촉한 사람은 세 명. 오펠리아 란드 루펜과 힐다 제인 로우랜즈. 그리고….

"좋아. 그 프로젝트, 나도 참가하겠어."

사야는 그렇게 말하더니 두 잔째의 생맥주를 단숨에 비웠다.

＊

시크릿 캐러번.

일정도 장소도 출연자도 직전까지 극비인 채 열리는 이 음악 페스티벌은 특이하지만 매번 호화롭고 충실한 아티스트가 섭외되기 때문에 지금은 순식간에 티켓이 완매될 만큼 인기가 높은 이벤트다.

이번에는 오스트레일리아의 황야에서 사흘에 걸쳐 개최되고, 오늘은 그중 이틀째였다.

"야호, 컨디션은 어때?"

"우왓! 실비아… 선배?"

대기실로 쓰이는 텐트에 들어가자, 안에서 쉬던 루살카 멤버들이 입에 거품을 물고 자리에서 일어섰다.

"어, 어째서 실비아… 선배가 여기에?!"

"어째서냐니…. 마지막 날 시크릿 게스트니까."

"네에에에?! 그, 그건 몰랐네…! 그럼 어떻게 해서라도 무대를 보고 가야 하잖아…!"

허둥거리는 미르셰의 모습을 보니, 시크릿 캐러번의 비밀주의는 출연 아티스트에게도 철저한 모양이다.

"야, 이건 빅뉴스야! 지금 당장 인터넷에 유출을…!"

"으아아아, 안 돼요! 그런 짓을 했다간 여기 주최자는 물론이고 이사장님한테도 혼날 거예요!"

휴대단말기를 꺼내는 튤리아를 옆에 있던 마흘레나가 황급히 말렸다.

"그래. 이런 건 들키지 않게 꼼꼼하게 위장해서….”

"그것도 안 돼요!”

이번에는 물 흐르듯 모니카의 휴대단말기를 빼앗는 마흘레나. 여전히 고군분투하고 있는 듯했다.

"하지만… 출연이 내일인데, 어째서 일부러 오늘 여기에? 후후… 알겠다. 우리를 염탐하러 왔군?”

파이비가 경계하는 포즈를 취하면서, 낮고 침착한 목소리로 진지한 듯하지만 엉뚱한 지적을 했다.

"아냐. 그야 지금은 너희 루살카가 명실공히 퀸벨의 인기 넘버원이잖아? 그럼 나도 인사 정도는 해야지.”

실비아가 공손하게 고개를 숙이면서 그렇게 말하자, 갑자기 루살카의 멤버들의 얼굴이 칠칠치 못하게 풀어졌다.

"아, 뭐, 그, 그야? 확실히 우리가 그정도긴 하지?”

"뭐, 뭐어, 실비아… 선배한테서 그런 소리를 들으니까 나쁜 기분은 아닌걸.”

미르세와 튤리아는 코를 검지로 쓱 비비면서 어색한 듯이 시선을 피했다.

"…아니, 실비아 선배가 졸업했기 때문에 그 자리를 대신해 톱이 되었을 뿐이지만요.”

유일하게 마흘레나만은 냉정하게 딴죽을 걸었지만, 그래도 조금은 기뻐하는 것처럼 보여서 귀엽다.

실제로도 실비아와 네이트네페르가 대학부로 진학하지 않고 퀸벨을 졸업한 후로, 루살카는 부동의 인기를 자랑하게 되었나. 나흘네나는 찌꿇게 말했기만 밴드러서이 실력두 착실하게 향상되어, 실비아로서도 안심할 수 없는 상대다.

"그럼 이젠… 리더가 서열 1위를 따내기만 하면 되는데."

"저번 서열전에서도 완전 대놓고 깨졌으니까…. 불쌍하게도…."

"으윽…! 그, 그건 말하지 않기로 약속했잖아아!"

짓궂게 웃는 모니카와 불쌍해하는 파이비와는 반대로, 미르셰는 분위기가 확 바뀌어 힘없이 어깨를 늘어뜨렸다.

현재 퀸벨의 서열 1위는 '붕탄의 마녀' 바이올렛 와인버그다. 아무래도 양산박에서 단련된 실력이 있다 보니 '최약체 학교'라는 별명이 있는 퀸벨에서는 무적이나 다름없다.

"그만 좀 떠들어, 루살카. 여긴 방음이 안 되니까 조금 조용히…. 아니, 실비아?"

"어머나, 클로에도 와 있었네."

언짢은 표정으로 텐트에 들어온 사람은 실비아의 뒤를 이어 퀸벨 여학원 학생회장이 된 클로에 플록하트였다.

"응, 예전부터 이 이벤트 관계자들이 좋게 봐주시기도 했고, 이번에도 제의를 하셨거든."

"그렇구나. 미나토랑 친구들은 잘 지내?"

"응. 다들 건강해. 특히 미나토는 우주과학연구개발기구가 동결했던 우주개발계획을 재개했으니까, 다음 우주비행사 모집을 노리고 그렇게 싫어하던 공부를 열심히 하고 있지. 유즈히가 봐주고 있으니까 아마 괜찮겠지만."

이 나라뿐 아니라 세계 각국에서 과거의 것으로 치부하던 우주개발계획이 재시동되고 있는 것은 우연이 아니다. 통합기업 재체는 '금지의 오시' 사건으로부터 만응소의 특성이나 달의 뒷면에 있다는 거대한 울름=마나다이트의 정보를 얻어, 장래에는 우주에 나갈 필요가 있다는 결론을 내렸을 것이다.

"니나는 부회장으로서 잘 서포트해주고 있고, 덕분에 나도 이렇게 안심하고 학교를 비울 수 있어. 소피아 선배는 졸업했으니까 자주 볼 수 없지만…."

"그쪽은 지금 다이애나 파운드의 브랜드 전속 모델을 하고 있었던가? 신인 모델치고는 파격적인 활약이던데."

연예계 활동을 병행하는 퀸벨 학생은 졸업 후에도 W&W 계열의 소속사에서 활동을 이어나가는 경우가 대부분이다. 실비아도 졸업은 했지만 프로듀스나 브랜딩은 예전처럼 페트라의 힘을 빌리고 있다.

"활약이라면 당신도 그렇잖아, 실비아?"

"나?"

클로에는 팔짱을 끼더니 예리한 눈빛을 보냈다.

"이런 말은 미안하지만, 나는 당신이 퀸벨을 졸업한 후에 팬이 더 늘어날 거라고는 생각하지 않았어. 물론 당신의 노래는 대단해. 아이돌로서, 가희로서 최고봉의 손색지. 하기만 당신의 인기는 어디까지나 '전율의 마녀'라는 애스터리스크의 학생이라는 매력이 받쳐주고 있다고 봤거든."

그 분석은 아마도 옳을 것이다. 사실은 실비아 스스로도 그렇게 인식하고 있었다.

실비아 류네하임은 노래하고 싸우는 아이돌이었으니까.

"하지만… 당신은 졸업하고 나서 순수한 뮤지션 실비아 류네하임으로서 보다 크게 날갯짓을 했지. 감탄스러워."

"딱히 싸우는 걸 그만둔 건 아냐. '제3윤무회' 같은 이벤트에 초대되었을 때는 스테이지에 서기도 하고, 단련도 계속하고 있으니까. 하지만… 내가 뮤지션으로서 한 단계 위로 올라갈 수 있었던 건 역시 그 사람 덕분이려나."

실비아의 말에 클로에도 동의하듯이 고개를 끄덕였다.

"나도 그렇게 생각해. 그분… 우르슬라 스벤드의 곡은 정말로 멋져. 무엇보다도 당신의 노랫소리…. 아니, 당신이라는 개인에게 아주 완벽하게 맞는 곡들이거든."

'금지의 오시' 사건 이후, 우르슬라는 통합기업재체의 감시를 받는 조건으로 해방해준다는 결론이 났다. 실질적으로는 '발다=바오스'의 피해자라고 하지만 곤혹스러운 처지라는 건 부정

할 수 없다. 단, 긴 세월 동안 연금당했던 라디슬라프 바르토시
크의 경우와 비교하면 어떤 의미에선 관대한 처분이라 할 수도
있으리라.

그리고 우르슬라는 치료원을 퇴원하자마자 이런 말을 꺼냈다.

'…도움을 받은 답례라고 하긴 뭣하지만, 내 곡을 너한테 바
칠게. 받아주지 않겠니?'

그때부터 우르슬라는 작곡가로서 활동을 시작하게 되었다.

실비아가 '마녀'로서 능력을 사용할 때는 스스로 만든 노래
여야 하지만, 아티스트로서는 당연히 프로 작곡가 작사가가 작
업한 곡도 부른다.

그런데 실비아가 우르슬라의 곡을 부르자마자 공전의 세계
적 히트를 기록했다. 스스로 느끼기에도 우르슬라가 작업한
곡을 부르고 있으면 이제까지 없었던 충실감이 가슴을 가득 메
운다.

그 정도까지 우르슬라의 곡은 실비아의 마음을 사로잡았다.

그때, 그 비 오는 날에 들은 이름도 모르는 곡처럼.

'나로서는 우르슬라가 직접 불러주기도 했으면 좋겠지만….'

몇 번 부탁해봤지만 우르슬라는 고개를 끄덕이지 않았다.

본인에게 책임이 없다고는 해도, 역시 '발다＝바오스'가 일
으킨 일들에 괴로움을 느끼는 것이겠지. 많은 사람의 인생을
망가뜨린 존재가 그녀의 육체를 쓰고 있었다는 사실은 부정할

수 없다.

그래서 지금은 실비아도 아무 말 하지 않는다.

우르슬라는 강하다. 분명 스스로 맞서, 인젠가 극복한 것이다.

아무튼 그녀는 세계의 가희 실비아 류네하임의 스승이니까.

"아아···. 그리고 보니 이사장님한테서 들었는데, 실비아, 당신 리젤타니아에서의 의뢰를 받아들였다면서?"

입을 다물고 있던 실비아를 배려했는지, 클로에가 다른 화제를 꺼내들었다.

"드문 일이네. 당신이 이런 쪽 의뢰를 수락하다니."

실비아는 그다지 일을 가려서 받는 쪽은 아니지만, 세리머니나 식전과 같은 자리에서 노래해 달라는 의뢰는 웬만해선 거절한다. 그런 일은 보수가 좋고 선전에도 유리하기 때문에 페트라나 관계자들은 많이 맡아주었으면 하는 모양이지만, 만약 실비아의 노래가 그 자리의 주인공을 집어삼켜 버린다면 곤란하다고 생각하기 때문이다.

하지만 이번만은 특별하다.

"어쩔 수 없잖아? 그야··· 사랑의 라이벌이 여왕님이 된다는데, 진심으로 축하해줘야 하지 않겠어?"

분명 그 자리에는 그도 올 것이다.

그러니 실비아는 사양하지 않고, 그녀의 경사스러운 무대를 집어삼킬 생각으로 노래하려 한다.

아무튼 상대는 그랜드슬램 달성자인 유리스＝알렉시아 폰 리스펠트니까.

어디에도 부족함이 없지 않은가.

에필로그

리젤타니아 수도, 스트렐 왕궁.

"우와! 공주님…이 아니라, 폐하! 아름다우십니다!"

방에 들어오자마자 메이드복을 입은 플로라가 가슴 앞에서 두 손을 모으고서 살짝 들뜬 표정으로 말했다.

"어전입니다. 행동을 조심하세요."

옷 갈아입기를 도와주던 나이 지긋한 시녀가 주의를 주었지만, 유리스는 한 손으로 그녀를 제지했다.

거울에 비친 자신의 모습을 확인하니, 확실히 순백색 야회용 드레스는 의식용 복장보다 훨씬 우아해 유리스의 길고 화려한 장밋빛 머리카락을 한층 돋보이게 했다. 예전에 비해 더 예뻐졌다는 이야기를 들을 때도 있지만, 그 시절에는 아무튼 필사적이었으니 스스로는 그저 험악함이 사라졌을 뿐이지 않나 추측한다.

"죄, 죄송합니다…."

기가 죽어 움츠러드는 플로라를 보고 쓴웃음을 지으며 유리스는 다른 시녀들을 물러나게 했다.

"신경 쓰지 마라, 플로라. 그보다 귀국한 직후인데 미안하게 되었구나."

"아, 아뇨! 공… 아니, 폐하께 힘이 되는 것이 플로라의 본분이니까요!"

"솔직히 그렇게 말해주니 고맙구나. 아무튼 오늘은 피곤한 일들의 연속이니까."

유리스는 막 갈아입은 드레스에 주름이 지지 않게 조심하면서 소파에 앉아 한숨을 내쉬었다. 오늘은 아침부터 백성들이 모인 호숫가를 마차로 한 바퀴 행진한 후에 대성당에 가서 대주교 앞에서 선서를 하고, 반지와 왕홀과 왕관을 받고, 기름 부음을 통해 성별(聖別)되는 일련의 대관식 과정을 끝마치고 나서 이렇게 옷을 갈아입은 참이다. 조금 전까지 유리스가 입고 있던 대관식용 실크 드레스와 벨벳 예복은 움직이기에 너무 불편한 데다 소매가 길어, 주변에서 들어주는 사람이 몇 명이나 달라붙어 있어야 하는 의상이었다. 게다가 머리카락도 단단하게 세팅한 탓에 갑갑함을 견디기가 힘들었다.

한 술 더 떠, 아직도 오늘 스케줄은 반 정도밖에 끝나지 않았다. 이제부터 두 번의 만찬회와 대국민연설이 남아 있다. 지금은 겨우 손에 넣은 짧은 휴식 시간 정도다.

"다들 와 있나?"

"네! 다들 모여 계세요. 그런데…."

플로라는 말하기 힘들다는 듯이 시선을 내리깔았다.

"아마기리 님이 아직…."

"…그렇구나."

유리스는 세이도칸을 졸업한 후에 잉글랜드의 2년제 대학에 다니면서 비교정치학 등을 배우고, 리젤타니아로 돌아와서 오빠 욜베르트를 보좌해왔다. 그러는 동안에 세이도칸에서 고락을 함께한 동료들과는 적당한 빈도로 연락을 교환했고 실비아를 비롯한 다른 학교 사람들과도 교류를 이어왔지만, 아야토만은 쉽게 연락이 닿지 않았다. 그보단 연락하려 했지만 거의 불가능했다고 하는 편이 맞을지도 모르겠다. 유리스뿐 아니라 다른 사람들도 마찬가지였다고 한다. 한 달에 한 번, 길게는 몇 달에 한 번 정도만 아주 잠깐씩 휴대단말기가 연결되는 수준이다. 사야가 들은 바에 따르면 휴대단말기의 전원을 꺼두지 않으면 곤란해지는 상황이거나, 애초에 전파가 터지지 않는 장소에 있거나, 최악의 경우는 휴대단말기가 아예 망가져 버리는 게 이유라는데, 대체 어디서 뭘 하고 있는지 불안해진다.

"하고 싶은 말이 있었는데, 못 하려나…."

유리스는 그렇게 중얼거리고는 소파에서 일어나 유리창 너머로 펼쳐진 정원을 바라보았다.

"첫 번째 만찬회까지 아직 시간이 조금 남았지? 잠깐 바람 좀 쐬고 오마."

"네, 알겠습니다!"

공손하게 고개를 숙이는 플로라를 방에 남겨두고, 왕궁과 이궁 사이에 조성된 정원으로 나왔다. 여기는 유리스가 좋아하는 장소라 지금도 직접 시간을 들여 손질하고 있다.

제철인 봄까지는 아직 이르지만, 그래도 화단에는 어느 정도

꽃이 피어 때이른 향기를 풍기고 있다.

날은 저물기 시작했지만, 아직 가까스로 태양의 온기가 느껴지는 그런 시간대.

갑자기 강한 남풍이 정원을 훑고 지나갔다.

유리스는 저도 모르게 머리카락을 잡고 눈을 감았다.

그때.

"…오랜만이야, 유리스."

그리우면서도 귀에 익은 목소리.

놀라서 눈을 뜨니 그곳에는….

"아야토…."

어느새 한 청년이 유리스 앞에 서 있었다.

예전보다 어른스러워진 얼굴은 살짝 피부가 타서 그런지 날렵해진 느낌이 강해졌다. 체격도 조금 커진 것 같지만, 키가 더 자라서인지 딱히 우람한 인상은 없고 여전히 상냥하고 차분한 분위기가 남아 있다. 굳이 하나만 지적하자면 길어진 머리카락을 대충 묶었는데, 그건 그다지 어울리지 않는다.

한순간 유리스는 멍하니 가만히 서 있다가 금세 정신을 차리고 비꼬는 눈빛으로 노려보며 웃었다.

"여전히 무단침입이 특기구나?"

"아하하…. 미안해. 꼴이 이렇다 보니까 경비원들이 들여보내 주지 않더라고."

그렇게 말하는 아야토를 보니 몸을 전부 가린 오래된 케이프 코트에 닳아빠진 부츠를 신고 있었다. 확실히 정장과는 거리가 멀어, 왕궁에 들여보낼 만한 옷차림은 아니다.

"나 원 참…. 당연하지. 그래도 연락 한번만 줬다면 금세 해결되었을 텐데. 꼭 내가 아니어도, 클로디아라든가 부탁할 사람들이 있잖냐."

"그게 말이야…."

아야토가 내민 건 완전히 파괴된 휴대단말기였다. 게다가 강하게 잘린 흔적을 보니 단순한 고장이 아니라 어떻게 봐도 참격에 의한 것이었다.

"너… 대체 어디서 뭘 하고 다니는 거냐?"

걱정 반, 어이없음 반, 거기에 추가로 약간 화가 나는 것까지 더해 그렇게 묻자 아야토는 얼버무리듯 웃으며 시선을 피했다. 아무래도 말할 생각은 없는 듯했다.

"…그렇다면 적어도 옷이라도 좀 챙겨 입고 오지 그랬냐? 그 정도 상식은 있는 편이었잖아."

"아, 그게…. 창피하지만 돈이 별로 없거든."

잠시 말문이 막혔다. 생각해보면 3년이나 방랑 생활을 했으면 그럴 만도 하다. 물론 마음만 먹으면 얼마든지 벌 수 있는 능력과 지명도를 가지고 있으니, 아마 일부러 그러지 않았던 것이리라.

"그래서 실은 멀리서 모습만 보고 돌아가려고 했어. 하지만… 유리스의 얼굴을 보니까, 아무래도 직접 만나서 축하한다는 말을 전하고 싶어쳐서."

"……!"

여전히 치사한 남자다. 이런 말을 듣는다면 더는 뭐라고 할 수 없지 않은가.

"…알았다, 알았어. 이제 됐어."

한 손으로 얼굴을 가리고 나머지 한 손을 뻗어 그만하라는 듯이 흔들었다.

"그나저나…. 그새 실력이 꽤 좋아졌구나."

유리스는 손가락 사이로 눈동자를 날카롭게 움직여 아야토의 온몸을 꼼꼼하게 관찰했다.

몸놀림만 봐도 충분히 알 수 있지만, 아무튼 성진력이 엄청나게 안정되어 있다. 그 강대한 성진력을 잔물결 하나 없는 수면처럼 제어하는 건 육체뿐 아니라 정신도 상당히 원숙해져야만 가능한 일일 텐데.

눈앞의 아야토는 예전보다… 적어도 3년 전과는 비교도 되지 않을 정도로 강해졌다. 그야말로 판싱루에 필적할지 모른다. 이 정도 역량이 있다면 경비의 눈을 피해 침입하는 정도는 식은 죽 먹기였으리라.

"이래저래 좋은 인연이 있었거든. 수행이라고 할 정도는 아니지만, 샤오페이한테 소개를 받아서 은자님께 간단한 단성술을 배우기도 하고…. 뭐, 나하고는 잘 안 맞았었는지 완전히 소화하지 못한 게 아쉽지만."

"뭐…? '패군성군'을 만났다고?"

"수행을 위한 여행 중이라더라. 우연한 기회로 만나서 한동안 같이 다녔거든. 그 사람도 많이 강해졌어."

"호오. 키린이랑 결투해서 이겼다는 이야기는 들었는데…."

"그 승부가 스스로는 석연치 않았나 봐. 아, 지에롱 애기가 나왔으니… 아미산에 들렀을 때는 후유카 씨하고도 만났거든. 그때는 아슈타파 녀석들이랑 트러블이…."

그립다는 듯이 말하던 아야토가 그 부분에서 갑자기 놀라 입을 손으로 가렸다.

"잠깐…. 지금 아슈타파라고 했지?"

유리스가 따져 물으며 바라보자, 아야토는 실수했다는 표정으로 무안한 쓴웃음을 지었다.

"으음…."

유리스도 정무에 관여하게 된 후에야 알게 된 존재인데, 아슈타파는 간단히 말해 통합기업재체의 망령이다. 통합기업재체의 나쁜 부분을 전부 모아놓은 듯한 조직이고, 과거에 아슈타파가 관여했다고 의심받는 사건은 하나같이 큰 범죄다.

그런 놈들과 마찰을 일으키다니 진짜로 보통 일이 아니다.

"…하나만 물어보자. 설마 통합기업재체하고 직접 싸움을 벌이는 짓은 하지 않았겠지?"

"아…. 현재로서는 아직, 아마노…. 괜찮다고 생각…하는데?"

한없이 수상한 답변에 유리스는 저도 모르게 머리를 싸매고 싶어진다. 만약 그렇다면 이제부터 유리스가 진행하려는 플랜도 전부 허사가 된다.

"…아야토, 진지하게 들어줬으면 하는 게 있어."

유리스가 마음을 가다듬고 입을 열자, 아야토도 눈치를 챘는지 자세를 바로잡았다.

"아, 그럼 그 전에 나부터… 다시 한번 말할게. 축하해, 유리스. 설마 네가 이렇게 빨리 여왕님이 될 거라고는 생각하지 않았어."

그 대답에 약간 당황하면서도 유리스는 순순히 기쁜 표정을 지었다.

"…후후. …뭐, 그렇지. 나도 그렇게 생각해."

그렇게 말하자 아야토는 조금 의외라는 듯이 눈을 깜빡거렸다.

"여기까지의 흐름은 전부 오라버니가 짠 시나리오대로거든. 하여간, 그렇게 보여도 정말로 유능하다는 점이 화가 나."

유리스는 원래 욜베르트를 보좌하면서 이 나라를 바꾸려 했다. 언젠가 오빠의 뒤를 잇게 될지도 모르지만, 한참 나중의 일이라고 예상했던 것이다.

그런데 어느 날, 욜베르트는 아무렇지 않게 퇴위 이야기를 꺼냈다. 놀라는 유리스에게, 욜베르트는 아내 마리아의 무릎에 누운 채로 힘없이 웃었다.

'유리스, 너도 깨닫고 있을 거야. 네 덕에 왕국의 권리는 확대되어서 어느 정도는 무리를 감수할 수 있게 되었지. 하지만 유감스럽게도 나로서는 여기까지가 한계야. 오랜 세월 통합기업재체와 친밀한 관계였던 내가 이 이상의 개혁을 해봐야 지지를 얻을 수 없잖니. 그러니까 나는 이제까지 수집해둔 뇌물수수를 비롯한 온갖 스캔들을 전부 폭로한 후에 통합기업재체의 개들과 함께 자폭할 테니까, 그 다음은… 뭐, 잘 부탁해.'

그렇게 말한 욜베르트의 표정은 오히려 상쾌하기까지 했다.

당연히 리젤타니아의 정재계는 엄청난 혼란에 빠졌고, 유리스는 혼란을 틈타 즉위와 동시에 각종 물밑작업을 진행해 통합기업재체가 새로운 개를 키워내는 동안 몇 가지 중요법안을 통과시키는 데에 성공했다.

"그중 하나가 군주제 폐지 법안이야. 내 대를 끝으로 리젤타니아는 공화제로 이행하게 된다."

어차피 리젤타니아는 통합기업재체가 꼭두각시로 쓰기 위해 억지로 부활시킨 왕가다. 원래는 얌전히 무덤 속으로 돌아가는

게 도리지만 실제로 그곳에서 생활을 영위하는 사람들이 있는한, 그들에게도 자신의 앞날을 직접 선택할 권리가 있어야 할것이다.

그래서 유리스는 그 준비를 위해 여왕이 되었다.

그리고 그것은 통합기업재체에 고분고분 따르는 것만으로는이룰 수 없다.

하지만 다소 권리가 생겼다지만 유리스가 아무리 발버둥을쳐봐야 통합기업재체에게 대놓고 거역할 수는 없다. 통합기업재체에 대항할 수 있는 존재는 어디까지나 같은 통합기업재체뿐이다.

"애스터리스크에서의 경험은 대단히 유익했어. 그곳은 여섯학교가 각자 패권을 쥐기 위해 경쟁하고 있지만, 그렇기 때문에 균형이 유지되고 있었지. 그렇다면 같은 구도를 이 나라에서도 재현하면 돼. 그러기 위한 법안은 이미 통과시켜 놨거든."

리젤타니아도 여섯 통합기업재체가 이익이라는 패권을 노리는 모형정원이라는 점은 마찬가지다.

그렇다. 통합기업재체는 무엇보다도 이익을 우선시한다. 그러기 위해 서로 손을 잡고 협조하는 경우도 많다. 하지만 본질은 다르다. 통합기업재체의 본성은 보다 많은 이익을 갈망하는짐승이다. 궁극적으로 그들이 목표로 하는 것은 다른 통합기업재체를 밀어내고 자신들의 경제권을 전 세계 구석구석까지 확대시키는 것. 그것이 통합기업재체의 본능이고, 협조나 연계는 이성에 의한 타협에 불과하다.

유리스의 역할은 때로 그 짐승들을 달래고 때로 자극하는 간단히 말하면 맹수 조련사다.

"물론 아주 위험한 계획이야. 조금만 실수해도 나라 전체가 말려드는 사건이 일어날지 모르고, 나 자신도 어떻게 될지 장담할 수 없지."

유리스는 거기까지 말하고 잠시 뜸을 들이더니, 잠자코 이야기를 듣던 아야토를 똑바로 마주보았다.

"아, 그, 그런데…. 으음, 너는… 계속 그렇게 세상을 관찰하며 떠도는 생활을 계속할 셈이냐?"

아야토는 갑자기 날아온 질문에 당황한 표정을 지으면서도, 가만히 팔짱을 끼고서 생각에 잠겼다.

"으음, 그러게…. 실은 어딘가에 잠시나마 정착해볼까 하던 참이긴 한데…."

"그, 그랬구나…! 그렇다면, 아까 물어보고 싶다는 얘기로 다시 돌아가는데…. 으음~ 내, 내 쪽으로 오는… 건, 어떠냐?"

"어…?"

"아, 아니, 그게 아니라, 그건… 그래, 호위! 지금 나는 호위를 찾고 있거든! 아까도 말했지만 내 신변이나 소중한 사람들에게 앞으로 아무 일도 일어나지 않는다는 보장은 없어. 하지만… 너도 알겠지만 난 이미 '마녀'가 아니니까. 나 혼자라면 몰라도 다른 사람까지 지켜내는 건 어렵다."

"그건 ."

아야토가 침통한 표정으로 뭔가 말하려 했지만, 그걸 가로막듯 유리스가 말을 계속했다.

"아니, 그건 괜찮아. 허세가 아니라 난 조금도 후회하지 않으니까."

그날, 오펠리아와 싸운 결승전을 마지막으로 유리스는 '마녀'의 능력을 잃었다. 한계를 넘어서 능력을 쓴 탓인지, 아니면 그때 한순간이나마 저쪽을 엿본 탓인지, 이유는 모르겠다. '성맥세대'로서의 능력은 남아 있으니 아주 힘이 없진 않지만, 전투능력은 엄청나게 하락했을 것이다.

그렇다 해도.

"확실히 나는 이제 불꽃을 피워낼 수는 없지만, 나 대신에 더욱 잘 어울리는 꽃을 키워주는 친구가 있거든. 그걸로 나는 만족해."

유리스는 그렇게 말하며 정원 너머에 있는 호수, 그 맞은편 기슭으로 시선을 보냈다. 그곳에는 작은 고아원이 있는데, 부지에 딸린 낡은 온실에서는 오늘도 하얀 머리카락과 붉은 눈동자를 지닌 여자가… 유리스와 마찬가지로 '마녀'로서의 능력을 잃은 친구가 색색 꽃들을 돌보고 있을 것이다. 바로 그것이 유리스가 '왕룡성무제' 우승자로서 요구한 소원이니까.

그런 유리스를 바라보는 아야토의 따뜻한 시선을 깨닫고, 유리스는 크흠 하고 작게 헛기침을 했다.

"아무튼 하던 얘기 말인데…. 어떠냐? 네 목적이 '성맥세대'와 일반인이 관계를 맺고 살아가는 모습을 정찰하는 것이라면, 어떤 의미에선 이 나라가 거기에 제일 적합한 장소일지도 모른다고. 아무튼 '성맥세대'가 국가원수를 맡고 있는 나라는 세계 어디를 둘러봐도 여기밖에 없을 테니까."

가벼운 자학을 섞어서, 유리스는 그렇게 말하고 가슴을 폈다.

"즉, 유리스는 이번에 여왕님으로서 여기서 새로운 싸움을 시작한다는 거야?"

"…뭐, 그렇지. 그런 거야."

적은 통합기업재체…가 아니다.

그들은 짐승이자 동시에 시스템이기도 하다. 선도 악도 아니니 필요하다면 이용하면 그만이다. 만약 정말로 싸워 쓰러뜨려야 하는 상대가 있다면, 그것은 시스템을 성립시키고 있는 세상과 사람들의 관계방식 자체일 것이다. 그리고 아야토가 확인하려는 대상도 분명 같은 것이지 않을까.

"그렇다면 나는 거절할 수는 없겠네."

아야토는 그렇게 말하고 그날처럼 미소를 지었다.

"그야 유리스를 지킨다고 맹세했으니까."

"……."

유리스는 자신의 얼굴이 빨개지는 걸 느끼면서도 얼버무리듯 오른손은 내밀었다

"여왕님이 상대니까 무릎을 꿇고 손등에 키스라도 하는 편이 나을까?"

"후훗, 그것도 나쁘지는 않겠지만…. 우리한테는 좀 더 어울리는 형태가 있잖냐."

그렇다. 아야토와 대등하게 있고 싶다. 그렇지 않다면 의미가 없다.

"…그러게."

아야토도 오른손 주먹을 들어 같은 자세를 한 유리스와 가볍게 부딪쳤다.

유리스와 아야토의 시선이 교차하고, 동시에 함께 웃음을 터뜨렸다.

그리고 그때.

"앗~! 아마기리 님!"

플로라의 맑은 목소리가 정원에 울려 퍼지고, 익숙한 얼굴들이 한데 모여 이쪽으로 다가오고 있었다.

"오~ 아야토. 역시 와 있었구나."

"어머나, 여왕 폐하랑 밀회라니 그냥 넘어갈 수 없는걸요."

"저, 저기, 아야토 선배, 엄청나게 강해지신 것처럼 보이는데

요…."

"저기, 여왕님? 새치기는 금지거든?"

"…이거야 원. 그새 시끌벅적해졌네."

유리스는 허리에 손을 대고서 스스로도 신기할 정도로 힘을 뺀 웃음을 지었다.

"가자, 유리스."

아야토가 그렇게 말하고 앞서 가려 하자, 유리스는 그렇게 놔두지 않겠다며 옆에 섰다.

옆에 서고, 옆에서 걷는다.

그것이야말로 지금 유리스가 품은 누구에게도 양보할 수 없는 소망이다.

학전도시 애스터리스크 완결

◆작가 후기◆

안녕하세요, 미야자키 유입니다.

드디어 『학전도시 애스터리스크』도 무사히 완결하게 되었습니다. 1권으로부터 햇수로 10년, 이제까지 함께해주신 모든 분께 정말로 고마운 마음뿐입니다. 마지막 권이니만큼 후기도 다소 길어졌습니다만, 이번에도 스포일러가 포함되어 있으니 본편을 아직 읽지 않으신 분들은 조심해주세요.

일단 이번 시리즈 완결을 기념해 광고용 동영상을 만들어주셨는데, 거기서 '애스터리스크 미사용 에피소드 랭킹'이라는 것을 발표했습니다. 기존 독자들을 위한 내용으로 채워져 있으니 시간 있을 때 꼭 봐주시면 좋겠습니다. 그리고 동영상에선 시간 초과라는 이유로 1위를 이 후기에서 발표한다고 되어 있는데요, 바로 1위는 '크리스마스 데이 편'입니다. 이 에피소드는 7권에 있었던 실비아와 아야토의 학원제 데이트를 구실로 유리스, 사야, 클로디아, 키린이 각각 크리스마스에 데이트를 한다는 내용으로, 시간상으로는 10권과 11권 사이에 넣을 예정이었습니다. 사용하지 않은 이유는 여러 가지가 있지만 역시

'왕룡성무제'를 최대한 빠르게 시작하고 싶었다는 게 제일 큽니다. 하지만 이제 와서 생각하면 그래도 써둘 걸 그랬나 하는 아쉬움도 없지 않네요. 아무튼 본편에서 계절을 소재로 한 이벤트가 거의 없었으니까요. 크리스마스 정도는 챙기고 싶었는데요…!

이번 권은 전반이 아야토와 유리스 각자의 최종결전, 후반이 후일담이라는 형태가 되었습니다. 저는 개인적으로 후일담 읽는 걸 정말 좋아해서 처음에는 한 권을 통째로 에필로그에 쓰려는 계획을 세웠습니다만, 정작 '왕룡성무제'를 쓰기 시작하니 예상 이상으로 내용이 늘어나 최종결전이 여기까지 밀려 나온 형태가 되었습니다. 하지만 앞에서 유리스와 오펠리아가 결승전을 벌일 때 뒤에서는 아야토와 마디아스가 대결하고 있었다는 구상은 이른 단계부터 정해두었기 때문에, 어떻게든 그걸 제대로 써낼 수 있어 한숨 돌렸습니다. 참고로 마디아스는 작중에서 아야토에게 형(型)이나 기술을 하찮게 생각한다고 제멋대로 떠들어대고 있지만, 금지편 동맹이란 이름을 붙인 사람이 마디아스라는 점에서 알 수 있듯 실은 그런 것들을 좋아하는 남자입니다. 몰래 '적하의 마검'의 기술에 이름을 붙여놓기도 했는데 본편에서는 언급할 기회가 없었기에 여기서 공개합니다. 파편에 의한 자동방어가 '금지(金枝)', 포위 공격이 '황지

(荒地)', 사복검이 '사월(死月)', 무기구축이 '시역(弑逆)'입니다.

후일담은 최대한 많은 캐릭터의 이야기를 언급하려 했지만, 이것도 쓰다 보니 페이지가 아무리 있어도 부족할 정도라 눈물을 머금어가며 최대한 압축했습니다. 지에롱의 쌍둥이가 어째서 통합기업재체 본부로 갔는지, 외전 주인공인 팀 카구야의 멤버들은 지금 어떻게 지내는지, 후유카가 아미산에서 뭘 하고 있었는지, 에이시로와 부장의 에피소드, 알디와 자율식 의형체, 새로운 자율식 의형체의 이야기 등등 쓰고 싶은 내용이 끝도 없어서 아쉬움이 많이 남습니다.

연애 방면으로는 일단 유리스 루트에 진입하는 게 마지막 장면입니다. 아직 다른 여주인공들도 포기하지 않았고 이제부터 역전할 가능성이 없진 않지만, 유리스가 크게 리드하는 형태랄까요. 다른 여주인공들이 멍하니 보고만 있다면 그리 머지않은 미래에 무사히 아야토와 유리스가 맺어지겠지요. 뭐, 다른 여주인공들이 얌전히 있을 리도 없겠습니다만.

『학전도시 애스터리스크』는 이름대로 애스터리스크를 무대로 한 이야기입니다. 학교는 언젠가 떠나야 하는 장소고 언제까지고 눌러앉아 있을 수는 없습니다. 아야토와 친구들도 학교에서 할 일을 끝마쳤으니 일단 이렇게 막을 내립니다만, 그들의 활약은 무대를 바꿔서 계속될 겁니다. 그 예시 중 하나가 리젤타니아라는 것뿐이죠. 퍼시벌의 후일담에서 가볍게 다뤘듯 애스터리스크는 애스터리스크대로 다음 세대의 학생들이 새로운 이야기를 만들어나갈 테고요.

저 자신도 애스터리스크의 세계관을 대단히 좋아하는 만큼 어떤 형태로든 이 세계관과 이어지는 작품을 발표할 수 있으면 좋겠습니다. 그때가 오면 많은 관심 부탁드립니다.

마지막으로 감사 인사를 올립니다.

일단은 뭐라 해도 일러스트와 디자인을 맡아주신 오키우라 씨. 이번 권 표지나 일러스트는 그야말로 집대성이라고 해도 될 만큼 멋지지만, 이제까지 나온 어떤 단행본을 봐도 전부 그림에서 빛이 납니다. 오키우라 씨의 힘이 없었다면 이 애스터리스크라는 작품은 성립하지 않았을 겁니다. 정말로, 아무리 고맙다는 말씀을 드려도 모자랄 지경입니다.

감사하게도 이 작품은 미디어믹스 복이 많았습니다. 본편 코미컬라이즈를 담당해주신 닌겐 씨, 외전 『퀸벨의 날개』 코미컬라이즈를 담당해주신 아카네 쇼 씨, 멋진 만화를 만들어주셔서 고맙습니다.

또한 애니메이션판에는 저 자신도 크게 영향을 받아, 거기서 본편으로 피드백된 요소도 대단히 많습니다. 오노 마나부 총감독, 세토 켄지 감독, 아야토 역의 타마루 아츠시 씨, 유리스 역의 카쿠마 아이 씨, 사야 역의 이자와 시오리 씨, 클로디아 역의 토야마 나오 씨, 키린 역의 오자와 아리 씨, 실비아 역이자 2기 엔딩곡도 불러주신 치스가 하루카 씨, 오프닝곡을 불러주신 니시자와 시에나 씨, A-1 PICTURES와 애니플렉스 분들, 그리고 〈학전도시 애스터리스크 페스타 봉화현란〉 및 소셜게임 〈빛나는 스텔라〉 제작에 종사해주신 분들, 그 외 수많은 스태프, 연기자들께 감사드립니다.

그리고 이 작품을 세상에 내보내는 데에 가장 크게 노력해주신 MF문고J 편집부 분들, 지금은 MF문고J 편집부를 떠난 분들도 계시지만, 초기 기획 단계에서 편집자였던 S씨, 1권 초고가 완성될 때까지 많은 상담을 해주신 O씨, 실질적으로 저와 오키우라 씨와 함께 애스터리스크를 만든 분이라고도 할 수 있는 I씨, 애니화를 포함해 애스터리스크를 크게 발전시켜주신 I씨, 현재의 담당 편집자이자 마지막까지 인내심을 발휘해 함께해주신 O씨, 후유카의 교토 사투리 감수를 맡아주셨던 S여사님, 교정과 영업을 맡아주신 분들, 정말 많은 신세를 졌습니다. 정말로 감사드립니다.

그리고 언제나 저를 응원해주신 가족과 친구들, 그리고 창작의 스승인 만화가 히카와 헤키루 선생님, 출판계와 인연이 생기는 계기를 만들어주신 엔도 미나리 선생님께도 감사 말씀을 전합니다.

무엇보다 이 『학전도시 애스터리스크』라는 작품을, 아야토와 유리스를 비롯한 많은 캐릭터들을 마지막까지 변함없이 응원해주신 독자 여러분. 지난 10년 동안 여러분의 감상이 얼마나 큰 힘이 되었는지 가늠할 수도 없습니다. 다시금 가장 큰 감사의 말씀을 올립니다.

그럼 또 어딘가에서 만날 수 있기를 바라며.

2022년 5월 **미야자키 유**

일러스트레이터 후기

『애스터리스크』라는 작품과 관계를
맺게 된 지 어느새 10년이라는 시간이
흘렀네요.
일단 미야자키 유 선생님께
고생하셨다는 말씀 전하고 싶습니다.
이래저래 고생시켜드려 면목이 없지만,
이렇게 함께 완결을 맞이할 수 있게
되어 감사한 마음입니다.

그리고 이제까지
『애스터리스크』를
사랑해주신 모든 독자분들,
감사합니다!
라는 마음을 전하며
마무리하고 싶습니다.

마지막으로, 진급해서
이 모습이 된 후로
멋진 활약이 많았던
키린입니다.

2022. 5月

Okiura

학전도시
앳슬터리스크

학전도시 애스터리스크 [17]
육화단원

———————

2023년 6월 10일 초판 발행

저자 미야자키 유 | **일러스트** 오키우라 | **옮긴이** 주원일
발행인 정동훈 | **편집인** 여영아
편집 팀장 황정아 | **편집** 노혜림
발행처 (주)학산문화사 | 서울특별시 동작구 상도로 282 학산빌딩
편집부 02.828.8838(전화), 02.816.6471(팩스) | **영업부** 02.828.8986(전화), 02.828.8890(팩스)
홈페이지 www.haksanpub.co.kr | **등록** 1995년 7월 1일 | **등록번호** 제3-632호

———————

———————

ISBN 979-11-411-0054-4 04830
ISBN 979-11-5597-478-0 (세트)

값 7,000원

라스트 엠브리오 8

타츠노코 타로 지음 | 모모코 일러스트

〈문제아 시리즈〉 완결 이후
언급되지 않았던 3년,
그 추상과 시동을 말하는 제8권!!

제2차 태양주권전쟁 제1회전이 열린 아틀란티스 대륙에서 격투를 뛰어넘는 '문제아들'. 세 명이 모인 평온한 시간은 실로 3년만…. 그동안 각자 보낸 파란의 나날. '호법십이천'에 들어온 의뢰에서 시작된 이자요이 일행과 화교와의 싸움. '노 네임'의 두령이 된 요우가 한 달 이상 행방불명된 사건. '노 네임'에서 독립한 아스카가 '계층지배자'로 임명되는데…?! 서로 마음을 열고 잠시 휴식을 취한 후, 모형정원 바깥세계를 무대로 한 제2회전이 막을 연다!

(주)학산문화사 발행

아다치와 시마무라 10

이루마 히토마 지음 | raemz 일러스트 | 논 캐릭터 디자인

이루마 히토마가 선사하는
평범한 여고생들의 풋풋한 이야기, 제10탄!

나는 내일 이 집을 떠난다. 시마무라와 같이 살기 위해서. 나도 시마무라도 어른이 되었다. "아~다치." 벌떡 일어났다. "으아앗." 호들갑스럽게 뒤로 물러선 나를 보고 시마무라가 눈을 휘둥그렇게 떴다. 장난스럽게 양손을 들어 올렸다. 아래로 내려와 눈에 걸친 머리카락을 쓸어넘기면서 좌우를 둘러보고 이제야 상황을 이해했다. 아파트로 이사를 왔었다. 둘이서 지내는구나, 앞으로 계속. "자, 잘 부탁합니다.""나도 많이 부탁을 하게 될 테니, 각오해 둬." 나의 세계는 모든 것이 시마무라로 되어 있었고, 앞으로 계속될 미래에는 그 어떤 불안도 없었다.

(주)학산문화사 발행